Nicola

Um romance transgênero

Dados Internacionais de Catalogação na Publicação (CIP)
(Câmara Brasileira do Livro, SP, Brasil)

Angrimani, Danilo
Nicola: um romance transgênero / Danilo Angrimani. – São Paulo : Summus, 1999.

ISBN 85-86755-19-2

99-4090 CDD-869.935

Índices para catálogo sistemático:

1. Ficção : Século 20 : Literatura brasileira 869.935
2. Século 20 : Ficção : Literatura brasileira 869.935

Nicola

Um romance transgênero

DANILO ANGRIMANI

edições GLS

Projeto gráfico e capa: **Brasil Verde**
Editoração eletrônica: **Acqua Estúdio Gráfico**
Editora responsável: **Laura Bacellar**

Edições GLS
Rua Domingos de Morais, 2132 conj. 61
04036-000 São Paulo SP
Fone (011) 539-2801
http://www.edgls.com.br

Atendimento ao consumidor:
Summus Editorial
Rua Cardoso de Almeida, 1287
05013-001 São Paulo SP
Fone (011) 3872-3322

Distribuição:
Fone (011) 3873-8638

Impresso no Brasil

Eu sou Ápis, eu sou um egípcio, um índio pele-vermelha, um negro, um chinês, um japonês, um estrangeiro, um desconhecido, eu sou o pássaro do mar, o que sobrevoa a terra firme, eu sou a árvore de Tolstoi com suas raízes. Eu sou Deus, eu não sou Deus. Eu sou o esposo e a esposa, amo minha mulher, amo meu marido. Eu sou o clown *de Deus.*

Waslaw Nijinski

Se compararmos o retrato de Orlando homem com o de Orlando mulher, veremos que, embora sejam ambos, indubitavelmente, uma e a mesma pessoa, há certas mudanças. O homem tem a mão livre para agarrar a espada; a mulher deve usá-la para impedir que as sedas escorreguem de seus ombros. O homem encara o mundo de frente como se ele fosse feito para seu uso e de acordo com o seu gosto. A mulher lança-lhe um olhar de esguelha, cheio de sutileza, e até de desconfiança. Se usassem as mesmas roupas, é possível que sua maneira de olhar tivesse vindo a ser a mesma.

Orlando, Virgínia Woolf, tradução de Cecília Meireles

Nota da editora

Transgênero é quem passeia entre o masculino e o feminino. É quem não se define nem bem como homem, nem bem como mulher, mas como uma pessoa que tem ambos dentro de si. Parece exótico, raríssimo, mas não é. Há uma quantidade imensa de gente que se veste – de vez em quando ou sempre – com roupas do outro sexo, para brincar na cama ou para simplesmente sentir-se como o homem ou a mulher que seu corpo não é.

Poucos são os transgêneros que andam por aí batendo no peito, mostrando sua flexibilidade de papéis. Os mais visíveis são os travestis que trabalham na rua, mas de modo algum esta fluidez se resume a homens – mulheres se passando por varões já foram observadas em todas as culturas do mundo, em todas as épocas – ou a trabalhadores do sexo – o fenômeno de heterossexuais de classe média que se travestem em grupos nas noites livres cresce e já ganha o nome de *cross-dressing*.

É interessante notar que essa sensação de não pertencer exatamente a nenhum dos dois gêneros não tem nada a ver com orientação sexual. Um homem pode sentir-se atraído apenas por mulheres e querer experimentar vestidos e maquiagens. E uma lésbica pode passar a vida inteira satisfeita com o próprio corpo, sem a menor vontade de usar roupas ou assumir papéis masculinos.

Nicola merece o subtítulo de romance transgênero. É a primeira obra brasileira (de meu conhecimento) a ter uma personagem principal tão fora dos padrões sexuais de nossa sociedade. Acredito, no entanto, que já faça parte de uma literatura, de um pensamento, de uma cultura que estão começando, e que logo estarão encarando as diferenças com a mesma naturalidade com que encaram as conformidades.

Laura Bacellar

1

Ventania fala para Lua – finalmente... eu não agüentava mais te esperar...

Lua sorri para Ventania – q bom q vc está aqui. Saí correndo do trabalho e só pensava em vc.

Ventania fala para Lua – meu amor... q bom saber q vc pensou em mim...

Lua flerta com Ventania – vc é a melhor parte do meu dia, como eu poderia deixar de pensar em vc.

Ventania fala para Lua – como foi seu dia? tudo de bom, I hope...

Lua fala para Ventania – tudo tranqüilo... só está frio e chovendo aqui no Sul. Como está o tempo aí?

Ventania fala para Lua – normal, nem frio, nem calor. Pena q vc está tão longe, senão queria estar aí, ao teu lado.

Lua fala para Ventania – para me esquentar?

Ventania fala para Lua – ah, não fala assim comigo...

Lua fala para Ventania – pq? vc não quer me esquentar?

Ventania fala para Lua – vc sabe que é o q eu mais desejo...

Lua fala para Ventania – o q vc mais deseja?

Ventania fala para Lua – primeiro te conhecer... quero muito olhar nos teus olhos; depois quero te beijar, te abraçar, sentir teu calor junto ao meu corpo...

Lua fala para Ventania – assim vc me mata...

Ventania fala para Lua – quero te matar com os meus beijos...

Lua fala para Ventania – pára, amor, pára...

Ventania fala para Lua – não paro... não paro...

Lua fala para Ventania – então me beija... encosta teus lábios na tela e manda um beijo...

Ventania fala para Lua – meu amor...

Lua fala para Ventania – amada minha...

Pouco depois, a mulher do professor desligou o computador e foi dormir. Sentia-se trêmula quando se enfiou sob o edredom de algodão, decorado por um desenho quadriculado em que predominava o tom azul.

O professor dormia e roncava. Helena empurrou o corpo quente ao seu lado. O corpo escorregou, ajeitou-se e o ruído cessou.

Helena encolheu-se sob a coberta: as faces eram brasas ardendo no escuro.

Eram 6h30.

O professor N.A. estava de quatro no chão de seu quarto.

Procurava o par de chinelos.

A mulher dormia.

A busca levou alguns segundos. O professor raspou as mãos na superfície lisa do assoalho, sentindo as partículas de pó aderirem a seus dedos. As pontas dos dedos resvalavam nas frinchas entre os tacos de madeira. Quando era criança, achava que os cadáveres ficavam ocultos sob as camas. Aos quarenta anos, os cadáveres imaginários tinham cedido lugar à realidade constrangedora.

Achou os chinelos. Ergueu-se e conseguiu chegar ao banheiro, arrastando os pés como sempre, os músculos travados, míope e meio cego pela areia dos olhos.

Colocou os óculos, que estavam sobre a penteadeira de madeira.

Eram 6h31 e o professor viu no espelho do banheiro *aquela* mulher...

A imagem sedutora, sorrindo para ele. Lábios pintados de vermelho. Uma mulher perturbadora, aquela mulher que todo homem teme e ao mesmo tempo deseja, que vai ligar de madrugada, meio bêbada, meio demente, que vai sacudir o pó dos outros relacionamentos, que mudará a história e passará a prevalecer sobre todas as outras.

Era aquela mulher que observava o professor pelo espelho do banheiro.

Em geral, o dia do professor N.A. começava invariavelmente igual: a luta para se arrastar para fora da cama e a passagem aterrorizante pelo espelho na hora da barba. Depois vinham café com leite, suco, flocos de milho no leite, torradas, manteiga, geléia. Às vezes, uma fruta, um ovo frito com *bacon*, coca-cola.

Ele tinha vivido muito tempo fora de seu país e trouxera do estrangeiro hábitos saudáveis e outros nem tanto. Para algumas pessoas, como a faxineira que vinha de vez em quando, comer ovo frito com *bacon* às sete da manhã era quase um crime contra a humanidade, mas o professor se sentia indulgente consigo mesmo e se permitia certas liberdades gastronômicas.

Na realidade, o professor era um homem geralmente muito rígido, que seguia padrões marciais de conduta. Cinto de segurança, por exemplo. Antes de a prefeitura transformar em lei seu uso obrigatório, o professor já era um usuário contumaz. Quando dava carona para alguém e a pessoa resistia, o professor usava um argumento infalível: "Não é pela sua segurança, é para evitar que a sua cabeça quebre o pára-brisa do meu carro." O carona sorria, sem jeito, diante daquela visão egoísta de um desastre iminente e acabava se entregando ao cinto, soterrado pela visão de dentes explodindo de encontro a um pára-brisa imaginário.

O professor era rigoroso também com suas roupas. Usava camisa social de manga curta (no frio, mangas compridas e colete de lã), gravata de cores discretas, calça escura (preta ou marrom) e sapatos fechados de cordão.

Os óculos pretos de aro grosso davam-lhe um toque a mais de circunspeção, somados ao cabelo escovinha, cortado invariavelmente igual a cada quinze dias, no mesmo barbeiro obeso e silencioso. Se tivesse 1m80 e fosse loiro, o professor N.A. seria facilmente confundido com um desses mórmons que são vistos em duplas carregando maletas ou com aqueles americanos funcionários da GM ou da Ford. Visual de voluntário da Aliança para o Progresso, Kennedy, anos 60.

O rosto amassado no espelho... O rosto dele... Um mapa riscado sobre a pele por quarenta anos. Sorriu para a sua imagem. Lembrou-se do sonho. O sonho vinha completo na lembrança. Homens de calção atirando com uma espingarda. Homens de torso nu e a espingarda explodindo. "Meu inconsciente está ficando cada vez mais sem imaginação", pensou o professor, sorrindo de tristeza.

Nas aulas, sua dedicação era exemplar. Para o professor N.A., cada momento com os alunos era um exercício único de aprendizagem que exigia a total participação da classe. Quando perdia a noção do tempo e depois de algumas horas retornava em espírito para dentro da sala, se dava conta de que não havia prazer maior do que aquele de se dar aos semelhantes, passando seu conhecimento para almas nem sempre ávidas. "É como encher sacos vazios", pensava a caminho de casa, preocupado com um ou outro aluno que lhe parecera desatento.

No espelho, a mulher o observava...

O professor abriu o armário, o espelho e a mulher sumiram.

Apanhou o equipamento de fazer barba.

Quando o espelho voltou, a mulher tinha desaparecido de vez.

Descendente de italianos, o professor admirava o escritor, ensaísta, teórico de comunicação e acadêmico Umberto

Eco. Imaginava se Eco, que ele gostava de lembrar como um compatriota seu, teria também problemas com alunos. "A classe talvez ache Eco um pentelho", imaginava o professor, conformando-se ao se recordar também de alguns doutores da Sorbonne de texto excepcional e maçantes na tribuna.

O professor era casado com outra professora. Os dois se viam à noite, quando a família se reunia. Tinham um casal de filhos, que eram mimados por duas avós viúvas que também moravam na casa do professor

Em geral, o agrupamento não se dava bem. A sogra do professor não reagia adequadamente aos estímulos nervosos da mãe do professor (e vice-versa), enquanto a mulher dele não suportava a própria mãe. O professor igualmente sentia dificuldade para manter um diálogo civilizado com a mãe. As crianças adoravam as duas avós, que lhes satisfaziam a todas as vontades possíveis.

O professor passava o dia na universidade. Recebia alunos em seu gabinete. Participava de debates, defesas de tese e cerimônias solenes. À noite, via com desespero que os debates continuavam, em sua própria casa, com temas divergindo entre cafeteiras e chaleiras fora de lugar. Por isso, costumava trancar-se na biblioteca, último refúgio de um mundo conflituoso. A casa do professor ficava em uma rua isolada de um condomínio situado fora dos limites da grande cidade.

Às vezes, a caminho de casa, o professor imaginava maneiras de simular um desaparecimento. Pensava em começar outra vez. Desconhecido, sem papéis, sem documentos, sem diplomas. Um rosto anônimo na multidão. Sem reputação. Sem passado.

Em casa, o professor podia ser localizado principalmente na biblioteca. Via a televisão com os olhos de um beneditino, horrorizado diante do presépio colorido franciscano. Quando se acomodava na sala, com a família, procurava disfarçar, mostrar repulsa pela imagem, enquanto rastreava o jornal em busca de proteção.

Quando percebia, não havia mais o que fazer.

Fora hipnotizado.

As crianças o ladeavam, cheirando a sabonete, banho e xampu.

Ele mostrava um interesse mediano, controlado:

– Quem é que eles estão procurando?

– Um ladrão de carros – respondiam em coro.

A imagem mostrava o carro de polícia de verdade, perseguindo um criminoso de verdade, num desses telejornais sensacionalistas que o professor deveria detestar por coerência.

– Por que eles não atiram?

O professor se inquietava no sofá, torcendo discretamente para os policiais.

Os ladrões iam bem à frente, correndo a toda velocidade naquele carro vermelho esporte.

– Eles vão pegar, pai.

– Olha como a câmera treme! – comentava o menino, sempre observador.

– Que ladrão burro – comentava a menina –, roubar um carro vermelho!

– E que carro você roubaria? – perguntava o professor sem despregar os olhos da tela.

– Um carro mais discreto, né, pai, lógico.

Ela estava certa, compreendia o professor, preocupado com o futuro da menina.

A mulher do professor entrava na sala, se apoderava do controle remoto e mudava de canal.

– Vocês sabem que o papai detesta esses programas – ela dizia, enquanto buscava qualquer outra opção cultural na tv a cabo.

– Volta! – o professor gritava, com agonia na voz. – Volta!

A mulher soltava o controle remoto, assustada. Largava a *arma*.

Na tv, os policiais corriam novamente, em meio às ruas sujas. A câmera e o repórter ofegante corriam junto. Uma aventura. O mesmo que estar lá com eles. O ladrão ia ser preso. Por eles, por todos, pela família...

O professor se relacionava com poucos amigos. Um deles era fiel e marcava presença constante. O professor Mikelavsky, *cover* de Lênin, filho de russos ortodoxos que tinham fugido da guerra e dos nazistas, cultivava um hábito saudável e às vezes extremamente irritante: era do contra.

Se o professor N. A. criticava os carros, o uso de combustível fóssil, o professor Mikelavsky falava da economia e dos sustentáculos que representavam as montadoras; se o alvo da crítica era o cigarro, o professor citava pelo menos três autores que asseguravam que o choro de uma criança era muito mais prejudicial a um adulto do que cinco quilos de nicotina no sangue. Era um fanático por números, cifras. Sabia de cor o total de carros fabricados no país, desde 1959; o crescimento da dívida externa, ano a ano, desde a queda de João Goulart; tinha na cabeça os índices inflacionários a partir de Kubitschek. Era uma enciclopédia, um almanaque ilustrado com Lênin na capa. Era o último defensor da luta marxista nos púlpitos acadêmicos.

Divorciado, o professor Mikelavsky passava as noites escrevendo teses, que nunca seriam defendidas, nem publicadas, nem terminadas, em sua máquina de escrever iluminada, um obsoleto computador comprado em uma loja de ferragens. Todos os artigos, as monografias, as teses usavam autores marxistas-leninistas como referencial teórico.

O homem era um museu ideológico, mas desses museus em que a gente se sente à vontade, onde os objetos são familiares e merecem um longo tempo de análise e observação. Gostava de conversar com o professor Mikelavsky.

Convidou-o para jantar na Cantina do Giovanni, um lugar agradavelmente sinistro e decadente, decorado com madeiras escuras, velhas garrafas de vinho e onde se podia comer ouvindo a voz do melhor tenor do século, Beniamino Gigli, ecoando solta pelas caixas de som estrategicamente espalhadas pelos dois pequenos salões confortáveis.

Na entrada, era preciso adotar um gesto de humildade e pedir a benção ao proprietário, um velho *restaurateur* de 70 anos, um gigante de barba e cabelos brancos, voz de tenor, instalado permanentemente numa das mesas da cantina.

Obtida a graça do *signore* Giovanni, podia-se penetrar no salão, pouco iluminado, e ser atendido por um garçom magricela, liliputiano, rápido como uma mosca, que tinha a particularidade de desaparecer quando a gente mais precisava dele. Não era à toa que seu emprego anterior tinha sido na polícia.

Diante de um Valpolicella Bolla, de uma massa inigualável, quem é que precisava de um garçom desaparecido, afinal de contas?

No trato com o spaghetti, era preciso saber enrolar a massa no garfo. Não raro, *signore* Giovanni perdia a paciência com clientes desastrados, que passavam a faca naquela obra-prima. Nessas ocasiões, costumava arrancar os pratos das mãos daqueles blasfemadores gastronômicos e arremessava prato e spaghetti janela afora, para incredulidade do criminoso, armado de sua faca, manchada e pingando ainda de molho, a prova do crime.

O professor N.A. se divertia com o amigo. Depois de muitos meses, retornava aquela sensação de felicidade possível.

"Até que esta cidade não é tão horrível", pensava, sentindo-se menos crítico.

O professor Mikelavsky sorveu o vinho saboroso. Fungou de prazer e balançou a cabeça, em agonia. Ia fazer uma declaração qualquer. Dizer a verdade.

– Estou ficando mole, depois de velho – sorriu, com tristeza.

O professor N.A. sorriu de volta.

– Eu choro... – o professor Mikelavsky falou como se fosse chorar – eu me emociono com comerciais de televisão, choro quando vem uma criança fodida me pedir dinheiro, quando me ligam do interior para dizer que a minha mãe está morrendo, e ela está morrendo sempre. É uma merda ficar assim, mole. Eu choro por qualquer coisa agora...

– É a velhice, meu caro – disse o professor N.A., impiedoso como sempre.

– Eu sei que é, mas é pior. Eu estou ficando mole. Estou... Como vou dizer isso?

– Embichando?

– Cristo! Não!

– O que é então?

– Não é sexo.

– O que é, então. Fala logo.

– É pior que sexo...

– Minha nossa, você vai me deixar maluco.

– Por quê?

– Porque você está me matando de curiosidade.

– Eu vou dizer...

– Então diz logo.

– Estou acreditando em Deus, em Jesus, estou indo na igreja...

O professor N.A. escancarou a boca, como se tivessem aberto um túnel no seu rosto. Os olhos explodiram na abertura máxima. Diafragma aberto, o professor N.A. viu seu corpo ser tomado por um balanço irresistível. Fechou os olhos e riu... Riu sem conseguir se segurar, de uma maneira imoral, profana, como se estivesse em um enterro. No enterro da própria mãe.

O professor N.A. ria sem conseguir se controlar. As lágrimas espirravam dos olhos. Ele tossia agora. Tossia e ria. Era embaraçoso, ele sabia, mas aquilo era incontrolável.

– É sério... – o outro tentava dizer – É verdade...

O professor continuava rindo, chamando atenção das outras mesas. Dos fantasmas das outras mesas, porque o restaurante estava praticamente vazio. Mesmo assim, era vexaminoso.

– Estou acreditando em Jesus... Estou gostando de ir à igreja – dizia o professor Mikelavsky.

O professor N.A. precisou de alguns minutos para se controlar. Limpou os olhos com o guardanapo engordurado. Assoou o nariz no mesmo guardanapo. Bebeu um gole de vinho e tentou pensar em coisas tristes. Sua casa pegando fogo... As crianças morrendo...

– Isso é o maior absurdo que eu ouvi da sua boca – disse o professor N.A. – Você realmente está ficando gagá. Um comunista puta velha, como você, virar carola. Minha nossa, isso aqui não vai durar muito tempo.

– Eu sou cristão. Adoro aquilo tudo que Jesus disse. Sempre adorei. É que nunca tive coragem de aceitar a religião dos meus pais. Agora, não faz mais diferença. Posso abrir mão da minha revolta e aceitar Jesus no meu coração.

– Putz. Que coisa pegajosa.

– Eu sabia que você ia dizer isso.

– Os comunas deviam morrer aos quarenta anos. Aos cinqüenta, eles trocam a Internacional pelo canto gregoriano (campainhas zunindo dentro dele). Cristo! Que loucura.

– É um modo diferente de religiosidade – tentava explicar o professor Mikelavsky, dizendo que não acreditava em paraíso celestial, nem que Jesus fosse filho de Deus, mas que sentia a presença da religiosidade dentro dele, dentro da sua cultura, da maneira como havia sido criado.

– É bom ser católico. Você não imagina como me emociona poder dizer isso – dizia o ex-comuna. – Aquilo de virar a cara, de não responder à agressão, de perdoar a pecadora... Repartir o pão...

A situação se tornava cada vez mais embaraçosa. O professor Mikelavsky chorava agora.

– Vão achar que somos duas bichas brigando – brincava o professor N.A. – *Signore* Giovanni vai nos tocar daqui a pontapés...

– Eu sinto orgulho da minha cultura, do meu catolicismo – chorava o professor embriagado de vinho e cristianismo.

Talvez fosse o vinho, a massa fantástica, o queijo derretido em meio ao molho fumegante, o fato é que Nicola se sentia bem. Tinha dado uma boa aula. Os alunos haviam se retirado da sala de aula com aquele sorriso de satisfação ou seu dinheiro de volta.

Da parte dele, finalmente, conseguira marcar um jantar com o amigo predileto. E o mais importante: tinham se encontrado e estavam juntos, batendo papo, algo raro na paisagem árida da pós-modernidade individualista.

Quando saísse da cantina, despedindo-se cerimoniosamente de *signore* Giovanni, Nicola daria um beijo fraternal no amigo, entraria em seu carro e rumaria para casa, fazendo de conta que era europeu, quem sabe um italiano de Florença, desviando-se dos monumentos e das obras de arte enquanto voltava para casa, assobiando uma ária de Puccini. Nesses momentos, nem a mulher aparecia.

A vida do professor N.A., no entanto, nem sempre tinha sido amena. Um caso extraconjugal quase lhe tirara a tranqüilidade aparente.

Ela era casada. Ele também. Ela tinha um filho. Ele tinha dois. Trabalhavam na mesma universidade, no mesmo departamento e estavam tendo um caso.

Quanto tempo é possível conduzir uma situação assim?

O ideal, ele pensava, seria manter o caso, não cair na armadilha da paixão e ocultar de todos. Principalmente, dos amigos mais próximos. Mas chega uma hora que a vontade é de gritar na rua: "Estou tendo um caso com ela!" A princípio, é vaidade. Demonstração de força. "Sou capaz de escapar da armadilha do casamento. Tive coragem". Depois, soa como um pedido de socorro. "Alguém me ajude, por favor, eu não sei mais o que fazer."

O comportamento dela era profissional. Mais tarde, soube que ela tivera vários casos extraconjugais. Era uma necessidade de sobrevivência, parecido com ter cartão de crédito para certas pessoas.

Saía com amigos do marido, principalmente.

A aproximação era feita em festas. Dançavam. Ela sussurrava qualquer insinuação no ouvido da presa. Um contato mais direto nas mãos. Troca de senhas: "Você continua trabalhando naquele lugar? O telefone é o mesmo?"

Acabavam saindo. Em segredo. O casamento se mantinha intacto.

O esquema tinha funcionado bem, até então. Ela se sentia viva dessa maneira. Aplacava seus apetites.

Não se limitava a homens. Participava de encontros com mulheres. Elas se reuniam de vez em quando para discutir feminismo, homossexualidade, direitos, cidadania.

Uma vez, no trabalho, ela se preparava para sair, quando ele se aproximou.

– Fim de expediente? – perguntou.

– Não. Vou ainda passar em um lugar.

– Onde?

Ela mexeu no cabelo e olhou nos olhos dele.

– É uma associação de mulheres, que eu costumo freqüentar.

– Associação de mulheres?

– São lésbicas.

Ela sorriu, notando o embaraço dele, que de repente ficou sem saber onde pôr as mãos.

Era um sinal que ela enviava. Parecia aqueles caras que ficam na pista do aeroporto, com avisos luminosos, ajudando o piloto a estacionar o avião.

Ela dizia, sem dizer, que não era igual às outras mulheres casadas. Tinha vida própria e não temia novas experiências, nem ligações perigosas.

Aguardava por ela.

Em poucos minutos, ela sairia do curso de inglês e entraria no carro dele.

A saia curta deixaria as pernas de fora. Os pés pareceriam querer saltar fora do tamanco de *design* sensual.

Viriam os beijos. Os agarros. As mãos desesperadas, tocando tudo.

A espera na fila do motel. Os casais gritando nos quartos. O cheiro de desinfetante no banheiro. A piscina aquecida e iluminada.

Algum dia ainda iria escrever sobre tudo aquilo. Arrumaria uma mesa pequena. Compraria um caderno espiral e uma caneta preta de ponta fina. Abriria bem a janela, para ouvir as mangas maduras despencando da árvore, enquanto uma mulher cantaria, passando uma vassoura de galhos no terreiro. Carros e caminhões deslizariam bem longe, na estrada.

Seria janeiro. Verão. Um mês de extremos. Sol e calor excessivos. Chuva, trovões e enchentes.

Lembrava-se da espera, dentro do carro. A vontade de ir embora e acabar com tudo. Os minutos passando.

Depois, a boca. A língua enroscada na sua. O desejo. Os movimentos bruscos que lhe faziam perder os óculos, o que o obrigava a tatear o subsolo do carro enquanto ela ria divertida.

Não faltavam momentos perigosos. Um dia, ele esperava na porta do curso de inglês. Os alunos começaram a sair. Ela veio se aproximando do carro dele, mas de repente mudou de direção. Atravessou a rua.

Foi uma decisão de segundos.

Ele pensou em abrir a porta e gritar o nome dela:

"Bárbara!"

Mas, por impulso, decidiu ficar imóvel dentro do carro. Viu pelo retrovisor ela entrando em outro carro.

Sentiu as gotas geladas de suor escorrendo sob o braço e molhando a camisa.

Era o marido. O carro deles passou, em seguida. Ela estava voltada para o banco traseiro e brincava com a criança.

Bárbara era negra. Tinha mais de trinta anos, cabelo liso e olhos claros. A pele era macia, confortável, como uma cama forrada com lençóis limpos e cheirosos. Mãos e pés pequenos. O nariz deliciosamente achatado.

Bárbara não gostava de perfume, nem pulseiras, brincos ou adereços. Preferia tamancos baixos, tipo calcanhar sujo, a sapatos de salto alto. Saias curtas de uma malharia italiana a roupas sofisticadas.

Ela havia participado da última revolução romântica da América Latina. Estivera com o marido até os momentos finais da dramática revolução nicaragüense. Tinha comemorado com os sandinistas a vitória nas ruas. Parecia uma reedição da revolução cubana e de tudo aquilo que Fidel, Chê, Cienfuegos haviam representado para a geração anterior.

Viera o retorno ao Brasil.

A readaptação. A falta de outras revoluções.

Ela engravidara.

Uma nova etapa tivera início: comprar móveis a prestação na loja de departamentos; entrar para o partido trabalhador, de oposição; militar junto ao operariado; buscar no partido recém-criado a essência revolucionária, apesar das reuniões intermináveis e da burocracia.

Bárbara pertencia também a um grupo evangélico histórico. Mas não acreditava em Deus. A religião era uma janela, uma possibilidade – ela pressentia – para a fuga. "Viver fora do Brasil", ela sonhava. De preferência, com salário razoável e atribuições meramente burocráticas. – Nada a ver com lamber criancinhas africanas famintas – disse certa vez um amigo comum, acrescentando: – Ela é esperta. É religiosa profissional.

Trabalhavam juntos. Almoçavam no mesmo restaurante. Saíam à noite: cinema, ópera, restaurante, motel.

As brigas eram motivadas principalmente por desencontros. Ele ficava no lugar errado, se atrasava. Ela não o encontrava. Depois, quando ela finalmente entrava no carro, estava em estado desesperador, os olhos fumegantes, as lágrimas cobrindo as pupilas avermelhadas.

Gritava com ele.

Certa vez, dera-lhe um tapa na cara.

Os desencontros eram motivados por atos falhos. Os dois queriam encerrar a relação, mas, ao mesmo tempo, sentiam que se gostavam. Não de uma maneira escolar, como adolescentes debutantes, mas de uma forma sombria, resignada, destruidora.

Bárbara estava longe de ser uma personagem quadrada, dessas que a gente consegue descrever em meia dúzia de linhas. Ela tinha buracos negros em sua história pessoal. Não falava da infância. O pai era uma menção breve, acompanhada de uma foto fora de foco. A mãe... Quase nunca falava da mãe e da irmã. Ela dava a impressão de ter chegado recentemente ao mundo e ainda se encantava com coisas banais. Como ele, por exemplo, que se deliciara havia pouco com uma placa na porta da barbearia interiorana: "Perderão a vez, aos sábados, os clientes que se retirarem do salão".

Mas caberia a ela, com todos seus desvios e retornos, com seu pé fincado em algum ponto inominável, romper o lacre do corpo dele e abri-lo, como uma câmara egípcia, de onde sairiam segredos milenares.

O professor separou-se de sua esposa. A dor. A solidão. A saudade dos filhos e de uma relação satisfatória, menos neurótica, menos filme *avant-garde.*

Bárbara tinha, no princípio, jogado a cama de casal fora e comprado duas camas de solteiro. Até que o marido saiu do apartamento e nunca mais retornou.

O professor e ela passaram a se encontrar na cápsula. Sem mais culpa, sem mais preocupações.

Ele queria chorar e morrer. Queria voltar para a mulher.

Mas tudo tinha dado certo, afinal de contas. Os dois estavam separados de seus respectivos cônjuges. Livres. Poderiam passar o resto da vida juntos. E ele nunca tinha sido tão infeliz antes, principalmente quando acordava de manhã e a via andando pelo apartamento com aquele chinelo azul desbotado, a calça de moletom gasta.

Não há sonho que resista a um chinelo azul desbotado, nem a uma feminista de ocasião.

Por exemplo, na hora de fazer comida, ela não se sentia na obrigação de "cumprir o velho papel de dona de casa".

Quando iam a um restaurante, ela se transformava em mulher pré-revolução queima dos sutiãs e permitia que ele pagasse a conta, afinal, "você é o cavalheiro".

O mesmo ocorria quando iam ao motel, ao cinema, à ópera. Ela virava a pobre garota em busca da proteção de um homem forte e generoso e ele tinha que tirar a carteira do bolso e comparecer com seu cavalheirismo fora de moda, sem direito à divisão de despesas.

Em casa, era o oposto. Aí, sim, começava a divisão de tarefas.

Talvez tenham ficado juntos um mês, ou até menos.

Ele alugou uma casa em um bairro civilizado. Foi morar sozinho.

Bárbara continuou na cápsula.

Ele saiu do emprego. Arrumou outra colocação.

A relação tinha acabado.

O tempo se encarregou de apaziguar rancores e selar dúvidas. A mulher não tinha perdoado nem perdoaria jamais, mas aceitara-o de volta. Para o professor, o tempo passado fora de casa se assemelhava a um pesadelo nostálgico, algo de que era possível lembrar com horror e prazer ao mesmo tempo.

Depois dessas atribulações, coroadas por um estágio na Inglaterra, nada mais poderia balançar os sólidos alicerces da vida bem estruturada do professor N.A., que seguia sua carreira com a mansa tranqüilidade dos burocratas acadêmicos.

Nada mais a não ser um arquivo, oculto em seu computador pessoal.

O professor achava que seu arquivo estava escondido do mundo, protegido para sempre da sanha terrorista da humanidade. Mas se ele realmente quisesse impedir o acesso ao arquivo *Ele(a)* – era assim que se chamava –, será que não haveria outro lugar para escondê-lo? A mulher do professor, Helena, também costumava passar horas diante daquela tela. Não seria muito risco? Será que o professor não poderia imaginar que, numa determinada noite, enquanto estivesse roncando, a mulher abriria aquela chave e penetraria pela porta secreta?

Que surpresa desagradável ela teria, professor...

Ou não?

Ele(a)

1

Alguém mexia em coisas que caíam. O ruído impreciso de objetos tombando. O canto gregoriano, mais definido. Música monótona. Um lamento. Uma dor musical, em forma de reza. Sempre igual e nunca igual. Como todas as rezas.

O peito doía. Pôs a mão e tentou respirar. O peito. O coração. A dor vinha do coração. Batia rápido. Demais.

Há muito tempo não percebia o coração bater forte assim. É uma sensação agradável. Dá a impressão de que se está morrendo ao inverso. Morrer de tanto viver. Esticar o fio da vida até o limite.

Deve ser a mesma sensação de alguém que está escondido atrás da porta e segura um revólver. Ouve os passos do intruso e espera. O coração bate com tanta força que aquele que espera teme que o intruso ouça as batidas, como tambores. Os passos se aproximam. O dedo encolhe-se no gatilho.

A espera.

Virou-se para a janela, decorada pelos pingos da chuva.

Era noite.

Madrugada.

As luzes da iluminação de mercúrio queimavam as ruas lá embaixo.

Estava em um apartamento minúsculo de um conjunto habitacional.

Vespa num vespeiro.
O corpo se afundou nas almofadas.
Tremia.

2

"Algum dia, talvez tenha coragem de contar essa história", pensou.

Refugiar-se em um hotel de uma cidadezinha obscura. Um desses lugares que fica fora das colunas sociais, não aparece nos roteiros de turismo e os jornais nunca mencionam.

Depois de andar pelas ruas vazias, cumprimentando ocasionalmente um ou outro desconhecido simpático, ele se refugiaria no restaurante – a essa altura da manhã, deserto – para escrever essa história.

O problema era uma cena que perseguia desde a infância. Uma cena... constrangedora. Por que sentia aquilo toda vez que as imagens voltavam a ser projetadas? O filme era quase completo, com direito a flash-back. *O problema é que só se lembrava do* flash. *Faltava o* back.

3

A espera. A sala na penumbra era uma proteção. Até as almofadas grosseiras pareciam mais solidárias. O canto gregoriano sacralizava o corpo. Oferenda. Oferecia-se em sacrifício.

4

O corpo repousava sobre as peles da cama de casal. Tarde morna. Sol lá fora. O quarto, protegido pelas venezianas fechadas, estava imerso numa sombra protetora. Girava sobre as peles, massageava o corpo com as peles de animais que tinham sido abatidos para se transformar em colcha.

Sorria feliz.

Contente com as possibilidades do corpo.

Tinha acontecido algo extraordinário.

Não apenas o gozo habitual, de sempre.

Chafurdava nas peles.

Nu.

Corpo liso, imberbe.

A descoberta do fetiche. A calcinha enroscada entre as pernas, subindo, subindo mais até se enfiar entre as nádegas.

Passava as tardes inventando jogos eróticos.

Era vagabunda, putinha. Saciava homens sem rosto.

Tardes de calor.

Como na vez em que, adolescente, fora ao apartamento de praia e saíra na rua travestido – biquíni, tamanco de praia e óculos escuros. Na volta, o gozo solitário e inesquecível na esteira.

Em outro jogo, era o homem que sonhava com a pin-up *do pôster.*

Havia o caráter dúbio da organização sexual. Brincava com as possibilidades.

Uma vez, se entretia no quintal. Amarrara-se em uma escada e pusera um boneco de plástico entre as coxas. Fora mexendo, mexendo, extraindo prazer daquele corpo estranho entre as coxas. Gozara com tanta violência que quase desmaiara. Tinha ficado caído no cimento, incapaz de mexer os músculos. Precisara de alguns minutos para se recuperar e retornar, envergonhado, para dentro de casa.

2

A mulher do professor não cabia em si de incredulidade e choque. Era um linguajar quase chulo, propositadamente sexual. Quem quer que tivesse escrito aquilo parecia determinado a causar incômodo.

"Meu marido", concluiu com as faces pegando fogo, "está escrevendo um livro pornográfico", sentenciou a mulher do professor, incrédula, como se tivesse descoberto que vivera ao lado de um extraterrestre todo aquele tempo sem desconfiar de nada.

A mulher do professor levantou-se. Fez um chá e retornou ao computador. O texto continuava lá. Não tinha sido um sonho. Ela pensou em deletar o arquivo maligno, mas mudou de idéia e desligou a máquina, indo para a cama.

Helena, a mulher do professor, era a cara-metade no sentido pleno da palavra. Cabelo caído na altura dos ombros, às vezes preso em um coque, óculos comuns, jeito de esposa de protestante norte-americano, o tipo de mulher que nos filmes faz ponche em um almoço de arrecadação de fundos para o partido do governo. Ela conseguiria passar despercebida diante de um pelotão de fuzilamento.

Usava vestidos de cores neutras, que não realçavam suas formas. Raramente fazia as unhas e, quando isso acontecia, preferia esmalte transparente. A maquiagem discreta era imperceptível. Ia pouco ao cabeleireiro. A pedicure aparecia sempre, para evitar o incômodo de uma unha encravada, mas, fora esse pequeno gesto mais farmacêutico do que vaidoso, nunca tinha entrado em uma academia de ginástica. Limitava a sessão de esportes a um jogo de tênis ocasional com o marido. Helena tinha pele branca, transparente. Pesava 54 quilos havia anos, jamais fizera um regime nem se preocupava em evitar doces nas sobremesas.

A vida sexual do casal era previsível como as marés. Acontecia duas vezes por mês, numa freqüência quinzenal. Geralmente, era o professor que a procurava. Em cinco minutos, estava tudo terminado. Um ajuste que parecia perfeito para ambos, ainda que não conseguissem tratar do assunto quando se viam sozinhos.

Deitada, tentava entender como aquela criatura ao seu lado era capaz de vôos tão delirantes, quase tão delirantes quanto as conversas que ela mantinha sob o pseudônimo de Ventania nas salas de bate-papo de lésbicas da Internet.

Ventania parecia ser um privilégio apenas dela. A mulher do professor sentia-se sabotada.

O professor roncava, ignorando em seu sono inocente ser motivo da súbita insônia que se apoderara de sua mulher.

A descoberta do arquivo *Ele(a)* provocou alterações na rotina quase eclesiástica da mulher do professor N.A. Ela passou a ter súbitas desconfianças. Se tivesse sido indagada, diria que desconfiava da própria sombra.

Dormia com um olho aberto, atenta aos detalhes mais desimportantes, como se na referência casual estivesse a chave do enigma. Seguia o professor a distância, quando ele ia para o trabalho de manhã. Aguardava o momento de ele voltar para casa. Fazia, constrangida o papel de uma detetive. Era ridículo, a mulher do professor sabia, mas necessário. Aquele arquivo não tinha surgido do nada. Ela dormia ao lado de um vulcão sexual que tinha acreditado, o tempo todo, ser de lava solidificada, consolidada pela inação dos anos.

A vigilância rendeu frutos. Dormindo, em seu sono leve de desconfiada, Helena viu quando o professor se esquivou para fora da cama. Ela sentiu as pontadas fortes no coração, que batia a caminho de um enfarte. Os pés gelados tocaram o chão, como se ela fosse uma astronauta descendo em um planeta desconhecido. Procurou os óculos no criado-mudo. Tateou com os pés em busca de um chinelo desaparecido. Levantou-se com cuidado, colocando ordem no pijaminha amarrotado.

Helena saiu do quarto. Ouviu a mãe roncar atrás de uma porta e a sogra seguir o mesmo procedimento no outro quarto. As crianças ressonavam, "dormindo o sono dos inocentes", como ela diria, saboreando o gosto dos clichês.

Sem fazer ruído, "como um ladrão", a mulher do professor desceu as escadas. Passou pelas salas e chegou à porta da biblioteca. Ao fundo, "protegido pelo manto da noite", o professor operava o computador. Escrevia a continuidade do arquivo *Ele (a),* certamente. Derramava sua lava sexual escatológica sobre as teclas. "Sentindo o chão ruir sob seus pés", a mulher do professor quase teve um desmaio. Respirou fundo. Sentiu que sobreviveria àquela traição vil, "uma a mais na lista interminável", pensou com amargor e foi se aproximando. O professor não percebeu que ela estava no escritório. Parecia entretido com o que ia acontecendo na tela.

A mulher do professor ficou atrás dele e, no lugar do arquivo pornográfico, o que viu na tela tinha aparência de algo familiar. Pareciam... quadros.

Sem perceber, a mulher do professor colocou a mão sobre o ombro do marido. Foi um gesto afetuoso, de familiaridade, de alívio.

O professor, no entanto, achava que estava sozinho no aposento e, quando sentiu a pressão em uma parte sensível do corpo, gritou, imaginando que se tratava de um bicho, talvez com asas, quem sabe um rato voador, uma barata gigante...

O professor pulou fora da cadeira. Ela assustou-se e também deu um grito.

Os dois perceberam que estavam sós na biblioteca, sem animais gosmentos e traiçoeiros por perto, fazendo papel de crianças aparvalhadas.

A mulher do professor ficou brava. Quase chorou. O professor se desculpou. Tinha sido um mal-entendido. Helena achava que ele estava escrevendo outro capítulo do arquivo *Ele (a),* quando, na realidade, o professor fazia uma pesquisa em um museu norte-americano, na internet, sobre as obras do pintor Edward Hopper, que lhe serviriam de apoio para uma aula que ele ministraria pela manhã.

– Por que a essa hora da madrugada? – questionou a mulher do professor, ainda não totalmente convencida da história do marido.

– Por causa da linha. A essa hora dá para navegar sem problemas na internet, ele justificou.

Era verdade. Durante o dia, naquela época, as linhas telefônicas precárias transformavam a navegação pela rede mundial de computadores em prova de determinação e teste de paciência. A linha caía várias vezes e a pesquisa, que poderia se resolver em minutos, demorava às vezes horas para ser completada.

– Você me assustou – disse o professor, – que idéia é essa de não fazer barulho?

– Amanhã a gente conversa – ela cortou o diálogo.

– Preciso terminar essa busca – ele disse, ajeitando-se na cadeira regulável de couro preto.

A mulher do professor arrumou o pijama. Arrastou os pés de volta para o quarto, sabendo o que faria logo cedo, depois do café da manhã.

"Ele vai aproveitar agora para deletar o arquivo", compreendeu Helena, arrependida de não ter tirado uma cópia impressa.

Nas primeiras horas da manhã, quando o professor deixou a casa com as crianças, a mulher do professor voltou sorrateira ao micro. Tinha certeza de que o mal estava feito e o arquivo *Ele(a)* era apenas uma sombra sem definição, escondida para sempre nos buracos sem-fim da memória do PC.

O professor tinha um comportamento sexual tão rigoroso quanto a escolha de seus sapatos, hermeticamente fechados e de cores escuras ou neutras. Embora a universidade onde lecionava tivesse liberais em seus quadros acadêmicos, o professor nem sempre conseguia esconder sua homofobia.

Alunos homossexuais precisavam redobrar seus esforços para obter boas notas com o professor N.A. Qualquer falta, qualquer erro, era supervalorizado pelo professor que procurava dar sinais para a classe que os "invertidos", como ele os chamava, eram de certa maneira inferiores aos "normais".

O professor não era um monstro moralista, defensor renitente do heterossexualismo, como se poderia imaginar à primeira vista. Simplesmente não gostava de homossexuais, por motivos que ele próprio ignorava, mas que seu analista considerava "defensivos". A presença de homossexuais por perto deixava o professor intranqüilo, pouco natural. Quando precisava receber um deles em seu gabinete, era um tormento. Principalmente, quando o viado cruzava as pernas e desmunhecava.

Sem poder demonstrar sua irritação, o professor tratava de abreviar a conversa, decidindo às vezes resolver o problema em prejuízo de suas posturas ético-profissionais. "É melhor dar a nota logo para esse viado, antes que ele tire a roupa aqui", pensava o professor, despachando a bicha.

Membros do clero universitário que se portavam como ou eram viados assumidos recebiam do professor N.A. um tratamento glacial. Nas reuniões de departamento, o professor procurava sentar-se a uma distância prudente e nas decisões levava mais em conta a sexualidade do autor da proposta do que seu teor propriamente dito. Se um viado, por exemplo, sugeria que as reuniões fossem feitas na parte da manhã e um normal solicitava que os encontros fossem à tarde, o professor tinha a tendência de apoiar a proposta do normal, ainda que a reunião no período da manhã fosse melhor para ele.

Era um desvio, o professor tinha conhecimento disso. Toda essa homofobia não podia ser normal. Mesmo assim, o professor discutia pouco o assunto com os colegas.

Em casa, às vezes, se flagrava fazendo um comentário homofóbico qualquer, do tipo "olha, o cabelo dessa bicha", ou "esse tipo de atitude só poderia mesmo vir de um viado como ele". Falava assim na frente das crianças, contrariando sua intenção de não transferir racismo ou sexismo para os filhos.

Ao ligar o computador e procurar o arquivo *Ele(a)*, a mulher do professor sabia que os resultados de sua busca poderiam ter conseqüências desagradáveis.

"E se o arquivo tiver sido deletado?", imaginava Helena, vasculhando a central de informações do PC.

Os nomes se sucediam e não aparecia o desejado.

"Ele deletou", concluiu a mulher do professor, sentindo a tristeza de um adolescente que descobre que a namorada mudou o diário de lugar. Contudo, ao investigar por mais alguns minutos, Helena encontrou o que procurava. Lá estava ele, o arquivo intrigante.

Ela clicou duas vezes sobre o nome e *Ele(a)* abriu-se novamente na tela, "como as pernas de uma vadia", comparou a mulher do professor com estranha excitação.

Ia descobrir agora com quem seu marido estava trepando ou sonhava trepar. Embora ela negasse para si mesma, inconscientemente sentia que aquilo era mais excitante que sua transformação em Ventania.

Ela saltou o pequeno trecho que já havia lido e foi em frente, em sua leitura reveladora:

Ele(a)

5

Nicola era um menino franzino, delicado, de boas maneiras. Um desses seres civilizados que se reproduzem aos milhares entre as saias de mães, tias e avós superprotetoras.

Na biblioteca da casa, lia Cassandra Rios, Adelaide Carraro, fotonovelas e contos curtos da revista Romance Moderno.

Nem Balzac, nem Proust, nem Celine, mas best-sellers. *Era a época de calhamaços intitulados* Aeroporto, Automóvel, Hotel. *Do pulp de Harold Robbins e assemelhados. Na escola, o encharcavam de Machado de Assis. Entre Adelaide Carraro e Machado de Assis, ficava mudo. Estéril. Não conseguia escrever uma redação que prestasse.*

O pior foi sobreviver à escola. Era agredido e humilhado diariamente pelos dementes que estudavam com ele. Todo dia, uma demonstração de força para sobreviver. Era obrigado a digerir toneladas de informações que nunca utilizaria na vida prática: equações de segundo grau, teoremas, trigonometria, física, tabelas de elementos de química, problemas idiotas ("Se José sai de casa com mil ovos, entrega 600 para o vizinho e ganha o dobro do que poderia carregar nas duas mãos e deixa cair 10 em cada 20 passos, com quantos ovos ele chegará ao seu destino, sabendo-se que vai andar 2 mil metros em meia hora?").

Qual era o objetivo disso tudo?

Quando entrou na faculdade, não sabia pregar um botão, consertar uma válvula de privada, nem cozinhar uma panela de arroz.

Tinha toneladas de informações inúteis na cabeça que seriam plenamente apagadas pelos próximos vinte anos.

Estava preparado para passar pelo vestibular, mas incapaz de sobreviver em um banheiro com vazamento.

6

O país, em volta, se despreendia. Regime militar, obscurantismo, censura, mortes e desaparecimentos. Destruíam a floresta amazônica e construíam usinas nucleares em praias paradisíacas. Foi um longo pesadelo: vinte e um anos de más notícias. Queria viajar. Escapar para sempre deles. Ir ao encontro dos Beatles e daquela gente que vivia a liberdade plenamente, podendo até usar o cabelo na altura dos ombros.

7

Nicola era na realidade um inseto esmagado na parede, uma prova da força repressiva, um animal de laboratório.

"O que essa gente nas colunas sociais tanto comemora?", perguntava um amigo. A questão ficou gravada na cabeça de Nicola por muitos anos. Durante a ditadura, não havia mesmo o que comemorar. O país mergulhou em uma dívida externa impagável, fechou as aberturas para o mundo e se expandiu internamente espalhando miséria e destruição para todos os lados.

Depois, quando acabou, não veio a vingança esperada.

Era uma liberdade consentida, frágil como um fio.

Os torturadores, os caloteiros, os milicos golpistas se safaram. Saíram limpos. Ganharam pensões e preservaram o nome, o cargo, a dignidade. O crime compensava.

Nas ruas, o resultado do êxodo rural: miseráveis se matando em favelas, a cidade apinhada de camelôs, crianças assaltantes e um exército de desqualificados em busca de uma chance, "herança maldita".

8

Nicola sobreviveu. Passou por cima dos dementes da escola, dos professores monolíticos, dos militares sáuricos, dos empregos meia-boca, das teias de proteção e de enredamento da família.

Estava vivo e inteiro.

Era tempo de obter conhecimento, de investir em si mesmo, mergulhar em autores selecionados, livre da sombra de Marx e das exigências da esquerda encastelada nos porões da burocracia universitária.

Ele tinha o que comemorar.

Poderia ser fotografado ao lado de uma mulher bonita, daquelas que aparecem nas fotos das revistas fúteis com as coxas de fora, e ser flagrado fazendo uma careta ridícula. Tinha sobrevivido e não precisara se juntar a eles, aos que haviam torturado.

O pior já havia ficado para trás.

Era tempo de se descobrir. Investir em novas experiências. Tirar as economias do banco. Comprar uma moto e sair pelo mundo.

Era bom sentir o rosto sendo afagado pelo vento. Como era bom...

9

Com o fim da ditadura, pôde se livrar do uniforme de guerrilheiro de plantão.

Fora com a jaqueta verde do exército deserdado!

Fora com o jeans puído!

Fora!

Fora com a bota, o coturno preto de sola grossa!

Não iam precisar mais dele. Estava livre do sonho revolucionário. No quarto da casa onde morava com mais dois amigos estavam os pontos cardeais daquela época: o três em um (vitrola, rádio e toca-fita), a mochila pendurada na parede, o último e melhor dos Beatles (aquele, onde os quatro atravessam a Abbey Road), os livros subversivos, os recortes antigos de jornais com informações subliminares empoeiradas.

No espelho, o rosto coberto pela barba, o cabelo em desalinho que mais parecia um chumaço de pêlos crespos grudado no alto da cabeça.

Cortou primeiro a barba. Depois, foi ao barbeiro e se livrou daquela aparência de cover de Chê Guevara`na Bolívia.

Trocou o jeans puído, a bota e a jaqueta verde-musgo por roupas mais leves, mais suaves e soltas.

Entrou na fase do algodão cru e das alpargatas de lona.

O caminho estava aberto para a Vagabunda.

10

O nascimento dela foi atormentado. Passou por um longo período de rejeição. Como suportar aquele vulcão querendo rasgar? Os desejos proibidos mortos na garganta, sobrevivendo em escuridões ocultas. O grito que não sai. O gesto que não ousa. A fala que não fala.

A Vagabunda era uma figurante. Às vezes, aparecia mais que a estrela principal. Os contatos furtivos. O troca-troca no cinema. O sexo anônimo do gueto.

Encontrar os iguais.

Cenas inesquecíveis: um longo trenzinho de corpos nus no ambiente enevoado da sauna. Felicidade entre os homens. Ninguém poderia negar tanta solidariedade, com tantas picas enterradas em tantos cus. A esperança do último era de não ser o último. Aguardar a chegada de um novo vagão.

Ou, então, as câmaras escuras por onde se deslizava tocando, roçando bundas sem dono. Mãos ágeis agarravam paus enrijecidos mas distraídos e, quando o dono do pau percebia, já estava dentro de um cu lubrificado. Só tendo o trabalho de deixar o instrumento no lugar enquanto o dono da bunda fazia todo o serviço pesado. Uma bunda anônima (cu sem destinatário) revirando, torcendo, empurrando e puxando, até o pinto sem dono descarregar sua carga letal. Sempre anonimamente. A regra do jogo.

11

Houve uma época em que Hemingway era o preferido dele. Livros como Ilhas da corrente *e* O velho e o mar *conseguiam discutir o dilema humano, em páginas bem acabadas, produzidas por um escritor que levava seu ofício a sério. Hemingway não era um engabelador. Não criava situações para agarrar os leitores pelo colarinho, tipo Sidney Sheldon e assemelhados. Era um escritor sincero, que sabia descrever a natureza com a violência dos impressionistas, como Cézanne havia feito em suas telas. O problema é que Hemingway funcionava como um superego projetado sobre Nicola. Ficava impossível escrever, descobrir seu próprio estilo, com os olhos de Hemingway sobre ele. Com os olhos de Chê sobre ele.*

Quantos anos seriam necessários para se ver livre dos olhos ameaçadores de Hemingway?

Como seria possível descrever seus desejos secretos, que habitavam as penumbras, com aquele olhar ao mesmo tempo ingênuo e machista sobre ele?

Como contar àquele norte-americano uma cena constrangedora?

Hemingway era um caçador, um soldado, um beberrão, amigo de Pablo Picasso, um outsider *que tinha sido investigado até pelo FBI.*

Hemingway não o compreenderia. Chê Guevara, sujo e fedido, granadas penduradas no peito, não o compreenderia.

Nicola precisou romper a amizade com Hemingway, o que significou esquecer os livros, as histórias, os livros, o estilo. Teve que buscar refúgio em material fumegante, saído das profundezas inconscientes.

Foi assim que chegou à Berggasse, 19, em Viena. O apartamento no térreo, dividido em consultório e residência. Ali, entre estátuas egípcias e fenícias, antigüidades, imensa biblioteca com coleções de livros de capa dura e um divã acolhedor, pôde se entregar a Sig.

Relaxado, sem os sapatos, deitado no divã confortável, observava Sig na poltrona de couro ao seu lado. Sig segurava uma caderneta de anotações. Ele era idoso. Tinha barba e cabelo brancos. Falava com dificuldade por causa do câncer na boca, mas mesmo assim mantinha os olhos brilhantes por trás dos óculos de armação frágil. Sig iria ouvi-lo, compreendê-lo, ajudá-lo a aliviar a sua dor.

Passava dias, meses, livre da Bicha e, de repente, ela retornava. Exigente. Clamando.

Apelava então para os esportes, para o futebol, principalmente, até conseguir acalmar o chamado interior.

12

Depois que saía das sessões na Berggasse, 19, sentia-se mais aliviado. O sofrimento não parecia tão intenso.

Só gostaria que Sig lhe dissesse quem ele era. Qual seria seu lugar no mundo.

Nicola precisava de parâmetros de normalidade. Alguém deveria lhe assegurar que ele não era o primeiro e não seria o último. Alguém, como Sig, precisava lhe comunicar que a civilização é uma fábrica de onde saem peças diversas, cujo funcionamento nem sempre é concêntrico.

13

Bárbara se debruçou sobre Nicola, envolvido agora em uma toalha úmida e felpuda.

Os padres espanhóis cantavam no cd o canto gregoriano.

As almofadas de pano grosso já não incomodavam tanto.

Nicola se soltou, vendo a chuva tingir e lavar a vidraça. Os pingos escorriam. Simular uma castração. Um golpe só. Quem sabe, apenas uma grande dor. A morte do corpo que o oprimia. De um só golpe. Fantasia infantil. Um equipamento de correias. Impossível se mexer. Apenas um orifício, por onde o pênis se infiltraria. Ereção e culpa. Castração. Aguardava. A sombra no teto lembrava uma vagina com dentes.

Tinha sido depilado.

Bárbara passara a lâmina primeiro nas pernas, depois nas virilhas, nas bolas e em volta do pau. Tirara os poucos pêlos que havia no peito e ao redor dos mamilos. Bárbara também passara a lâmina sob os braços dele e lhe fizera novamente a barba.

Nicola sentia-se desprotegido, sem os pêlos da masculinidade que escorria no ralo do banheiro.

Ela esfregou álcool nas pernas dele e em todos os pontos que tinham sofrido a ação devastadora da lâmina de barbear.

Era uma ardente sensação de castração simbólica, de mergulho no buraco negro de um sexo desconhecido. A depilação funcionava como a sua crisálida particular. Sairia mulher depois que a lâmina concluísse seu trabalho.

Lembrava-se de que, enquanto a lâmina percorria o sulco de espuma de barbear que adornava o limite profundo do cu, sentira a ereção, o carimbo no passaporte.

Bárbara aproximou-se com algo de ponta vermelha nas mãos.

O relâmpago iluminou o contorno dourado e a silhueta fálica do batom.

Delineou o retorno úmido dos lábios dele. Depois, colocou um lenço de papel entre os lábios e o mandou morder levemente para tirar o excesso.

Na janela, ele viu Sig olhando. O pai também estava lá e a mama. *Hemingway também.*

– Minha putinha – ela disse.

Nicola fechou os olhos. Apertou com força as pálpebras. Voltou a olhar a janela. Só havia a chuva agora.

O retorno úmido dos lábios. Cheiro e gosto de batom.

Ela empoou as faces coradas e retocou os olhos dele com rímel.

– Minha menina lisinha – ela sussurrou.

Bárbara pintou as unhas do pé dele. Colocou uma bola de algodão entre cada dedo, para não borrar. Pintou, em seguida, as unhas da mão. A cor do esmalte era gritante.

Nicola começou a sentir frio. Tremia.

Bárbara tirou o vestido e ficou de calcinha e sutiã. Foi tirando a toalha que o envolvia, puxando a proteção úmida, enquanto o beijava e traçava círculos com a língua sobre os mamilos.

– Você vai dar para mim? – ela perguntou.

Nicola murmurou que sim, que daria para ela, quantas vezes ela quisesse. Nu, com o rosto pintado, a boca cheia de batom, Nicola sentiu seu membro crescer novamente no espaço vazio.

Ela lhe colocou meias de náilon, calcinha e sutiã.

Ele não reagia. Aceitava passivamente. Era dela.

Depois, a prova final: o vestido.

Nicola passou os dedos no tecido. Tocou a roupa. Sentia o elástico da calcinha e as presas do sutiã, mordendo-lhe as costas.

Tinha deixado de ser o homem e ela não era mais a mulher.

Bárbara vestiu uma camisa social. Pôs gravata e calça comprida.

Trocou o canto gregoriano por música e o tirou para dançar.

Ela o conduziu pela sala, que parecia ter as dimensões de um salão vienense, sob seus pés descalços, protegidos pela meia de náilon, com uma risca preta que marcava sua perna por trás.

As mãos dela percorriam o vestido, resvalando nas partes sensíveis.

Nicola percebeu que não era a Bicha nem a Vagabunda que estava dançando, mas uma outra, desconhecida até então para ele, uma mulher recatada, apaixonada, que cedia aos avanços de um desconhecido que ela conhecera pelo nome de Bárbara e descobria que não era mulher, mas um homem, gentil e apaixonado. Um negro carinhoso, de pele macia e boca molhada.

Caíram sobre as almofadas.

– Minha menina gostosa – disse Bárbara.

– Tua – disse Nicola.

Nicola começou a chorar, silenciosamente. Bárbara passou a mão em seus olhos, tocando nas lágrimas, levando o dedo à boca e lambendo. E falou no ouvido dele com doçura:

– Agora, eu vou tirar sua calcinha e enterrar meu pau de borracha no seu cuzinho.

Nicola fez que "sim" com a cabeça. Aquiesceu. Soltou os músculos, enquanto ela puxava a calcinha que ia resvalando nas meias de náilon ao ser tirada. Com o rosto metido entre as almofadas de pano grosseiro, Nicola tentava controlar a respiração Bárbara umedeceu a passagem com a língua. Disse palavras carinhosas enquanto alisava a bunda de Nicola.

Depois, sentiu a dor.

Uma pressão terrível. Sufocante. A dor, só a dor, predominava.

Nicola sentiu uma sensação de abandono.

– Me faz sofrer. Me machuca – pediu.

14

Tardes mornas.

Corpos suados. Passar o dia só de calção, sem cueca por baixo.

A briga para ver quem ficava por baixo.

É minha vez agora.

Não, a última vez fui eu que fiquei por cima.

Os corpos imberbes. O prazer sem esperma. Esfregar entre as coxas. O contato com o sexo, duro, crescente.

Experimentar lamber, chupar.

Terminado o gozo, sentir a vergonha cobrindo as faces sem vergonha.

Nada disso registrado na literatura ou em lugar nenhum. Uma geração esquecida. Amnésia.

15

A chuva tinha parado.

Ela dirigia o carro. Ele cruzava e descruzava as pernas depiladas. Sentia tesão em fazer o movimento, em perceber que estava de salto alto, que era outra pessoa, uma mulher, uma garota saindo com o namorado que a tinha fodido a tarde inteira.

Não havia trânsito.

Em quinze minutos chegaram ao restaurante-bar.

O lugar felizmente era escuro.

Bárbara, vestida com roupas de homem, olhava para as pernas dele e o tocava na bunda, enquanto andavam.

Ela o conduziu até uma das mesas que ficavam ao lado das janelas que davam para a rua.

O garçom anotou os pedidos e desapareceu.

Nicola sentiu-se envergonhado. Queria arrancar aquelas roupas femininas e voltar a ser o que era.

Mas quem ele era?

Bárbara tirava proveito do embaraço dele e o chamava de "minha menina", "lindinha", "bonitinha" quando o garçom estava por perto, servindo a comida.

Depois que se alimentou e bebeu meia garrafa de vinho, Nicola sentiu a vergonha desaparecer. Ficou à vontade. O rosto queimava. Estava excitado novamente.

O vestido justo trazia preocupações:

"Será que o pau vai ser notado?" ele se perguntava.

Tinha receio de cair, de tropeçar no sapato de salto e despencar de cara no chão. Por isso, embora estivesse apertado, não iria ao banheiro.

E depois, qual banheiro deveria escolher?

Bárbara percebeu a inquietação dele e disse:

– Você não quer ir ao banheiro retocar a maquiagem?

Nicola olhou para a rua, vazia, sorriu e voltou a encará-la.

– Tenho medo de tropeçar e cair – foi franco.

– A gente só sai daqui depois que você for ao banheiro, lindinha. O banheiro das mulheres.

Depois de alguns segundos de hesitação – hesitação, não, pânico mesmo –, Nicola ergueu-se. Puxou o vestido para baixo. Pegou a bolsa e atravessou o salão.

Sentia todos os olhares sobre ele.

Diante dos dois signos (cartola e leque), entrou na porta onde se via o leque.

16

"Não foi tão fácil assim", pensou, anos depois, olhando para a árvore carregada, os galhos e as mangas maduras próximos da janela ampla.

Naquela noite, tremia o tempo inteiro. Mesmo um gesto simples de pegar os documentos e jogar dentro da bolsa emprestada era evidência de seu estado nervoso, quase febril. As coisas caíam por entre seus dedos. Batiam em suas pernas e as mãos derrubavam objetos próximos.

No carro, temia que acontecesse um desastre e que ele fosse pilhado usando roupa de mulher.

Imaginava as manchetes: "TRAVECOS QUEBRAM O CHIFRE EM BATIDA DE CARRO"

Não poderia suportar as brincadeiras dos colegas nem saberia como encarar os familiares.

Ficou atrapalhado quando pegou o cardápio, oferecido primeiro para ele, e o deixou tombar sobre a mesa. Na ânsia de segurar o cardápio, bateu com a mão no copo e quase provocou um desastre, movido a estilhaços e vidro trincado.

Felizmente, o copo tombou lentamente sobre a toalha de mesa. Não quebrou e o cardápio pôde ser agarrado e lido sem maiores problemas.

Além do embaraço, Nicola enfrentava ainda a estupefação. Sentira dor, mas muito prazer com a inversão dos papéis. Ter o corpo invadido por aquele membro de borracha havia sido uma experiência sufocante. Primeiro, a dor. Aquela dor lancinante que lhe devassara por dentro e rompera seus lacres internos. Em seguida, um movimento mais afirmativo, um balanço, um oscilar, que lhe tornara ereto o membro sem que alguém encostasse nele.

Havia uma campainha interna que ela havia disparado. Essa campainha despertara a Vagabunda, que queria dar para todo mundo; a Bicha em busca de um marido; mas todo o processo, o uso de roupas de mulher, principalmente, fizera nascer Nicole, que havia dormido milhares de anos dentro dele e agora renascia para ocupar um espaço que sempre lhe pertencera.

Vendo seu rosto de travesti na toalete do restaurante-bar sentiu vontade de chorar.

– Quem eu sou? – perguntou ao espelho mágico.

O espelho respondeu:

– Você é um tarado filho da puta.

– Isso eu já sei, espelho. Quero saber quem eu sou: homem, bicha ou mulher?

– Você é os três: acorda bicha, vira homem no almoço e se transforma em mulher sob o efeito da Lua.

– Por quê?

– Você acha que um espelho de um banheiro fodido, freqüentado por esses babacas da noite, saberia responder uma pergunta dessas? Por que você não procura a pessoa certa? Já ouviu falar da rua Berggasse, 19, em Viena?

17

Aquela noite foi o auge com Bárbara.

Há noites assim na vida da gente. Tudo se encaixa (sem tro-

cadilho). Por onde se vai, se é bem tratado. Existe uma ordem cosmológica qualquer que parece estar dizendo para nós: "Olha, aproveita bem, porque essa moleza não acontece todo dia."

Dizemos as palavras certas, rimos de bobagens, brincamos com o guardanapo de papel ou com a chave do carro. Trocamos beijos apaixonados. Aspiramos profundamente o cheiro da pessoa que está com a gente e só o cheiro faz um bem profundo. Abraçamos esse corpo. Grudamos nele.

Não há inimigos na noite. Existe encanto nas ruas solitárias. Percebemos que não é preciso pagar para extrair da vida prazeres intensos, como andar descalço pela grama molhada daquele parque especial, às 5h30 da manhã, quando nem os corredores, nem os ciclistas, nem as mães com os nenês, nem os pais com os filhos de patins, nem os fisicultores, os muito jovens, os muito velhos... Nenhum deles ainda ocupou o espaço e a cidade parece uma extensão dos nossos sonhos, modestos, mas concretizados.

18

De volta ao apartamento.

Eles se despiram e deitaram na cama.

Houve luta.

Bárbara queria ser segura e agarrada. Queria fugir para ser capturada.

– Me estupra! – ela pedia.

Nicola sofreu nova metamorfose.

Era homem novamente.

Precisava dominar e romper. Perpetrar a dor. Espancar. Bater naquela cara safada.

– Puta! – respirou no ouvido dela.

Foi uma luta longa e inglória.

Nicola não conseguia estuprá-la.

O membro amoleceu.

Caiu, exausto, aos pés dela.

Bárbara permitiu, então, que ele lhe lambesse os pés e se masturbasse.

Às sete da manhã, ele gozou.

Foi algo assim parecido com uma Toccata *e* Fuga em Ré Menor, *um* allegro vivace, *seguido por um* presto, *por um* pianissimo.

Uma reentrada na atmosfera. Uma explosão de supernova. Um gol no último minuto de jogo decisivo. Um nascimento... Uma morte... Definitivo.

19

O pós-coito não foi bom.

Era um astronauta se readaptando aos efeitos da gravidade.

Sentiu-se como o prisioneiro que acorda de um sonho em que viajou pelo mundo, conheceu vários países e se encontrou com pessoas das mais diversas raças e culturas. Acordado, de volta à cela, vê que tudo não passou de uma ilusão breve, uma armadilha do feiticeiro que governa o mundo dos sonhos.

Quando abriu os olhos, a primeira coisa que seus olhos notaram foi o par de chinelos azuis desbotados.

Ergueu-se com dificuldade.

Pegou uma toalha e se limpou.

No banheiro, lavou o rosto e o pau.

Trocou de roupa.

Saiu do banheiro e viu que ela estava ainda acordada, nua, olhando a rua, do alto da janela do 15º andar. Nos pés, os chinelos azuis desbotados.

Nicola virou-se e saiu sem se despedir.

20

Na rua, comprou um jornal.

A manchete era tão interessante quanto um engarrafamento de trânsito.

Entrou no carro. Atirou o jornal no banco traseiro.

Ligou o rádio.

Tocava Vivaldi, La primavera.

Um bom sinal.

Foi embora para casa, longe do vespeiro.

Arrumar algum sangue e escrever num pano: "Bárbara, você me fez mulher."

21

Se fosse contar essa história, imitaria Kafka. Em A metamorfose, *o personagem acorda se transformando em uma barata. Em seu livro, Nicola começaria também com uma metamorfose: o personagem acordaria de manhã e observa seu corpo transformado em um corpo de mulher.*

No caso de Nicola, havia algumas limitações: o pêlo era uma delas.

Não há metamorfose bem-sucedida quando se acorda de manhã e se vê o corpo todo coberto de pequenos pontos negros. Cada pontinho daqueles significa que o projeto noturno foi arruinado.

É uma metamorfose inversa. A presença pouco sutil do Lobisomem.

A calcinha, o sutiã, as unhas pintadas, a maquiagem se desfazendo. O Lobisomem se impõe. Persevera.

Para Nicola voltar a ser Nicole, precisa enfrentar uma reforma diária. A funilaria é o banheiro. Debaixo do chuveiro, com a ajuda de espuma e de uma lâmina de barbear, tem início a raspagem. Com sorte, a pele não sangra. Para os pêlos encravados na virilha, não há muito o que fazer. É creme, muito creme e esperar o caroço se dissolver. Às vezes, não se dissolve. Infecciona.

É o Lobisomem...

Nicola percebeu, em pouco tempo, que Nicole era um ser da noite. Não havia a menor possibilidade para ela às oito da manhã. Ao meio-dia, então, nem se fale.

O Lobisomem passava a existir em horário comercial. Penélope Charmosa chegava com a noite.

Estabelecido o acordo, a convivência se tornou mais serena e menos traumatizante.

A ex-mulher, uma página virada.

Nicola procurava não pensar nisso, mas sentia remorso, culpa, toda vez que via uma criança pequena. Poderia ter sido diferente.

Tinha até provocado uma cena, quando ajudara um menino a se erguer, depois de um tombo no parque. Os olhos de Nicola tinham ficado marejados. Havia se dilacerado ao implodir sua família.

Nicola vivia sozinho.

Bárbara era uma ameaça constante, mas mantida a distância.

Ele também se afastara dos pais. Não era possível apresentar Nicole ao pai e à mamma *italianos.*

Essa mulher existia à parte. Até mesmo de Nicola. Não, não era um caso de dupla personalidade. Tratava-se apenas de um arranjo. As coisas como deveriam ficar.

22

Sábado à noite.

Nicola olhou-se no espelho e não ficou contente com o que viu.

Olheiras, barba, cara amassada, o cabelo despencado desastrosamente.

Precisava começar tudo de novo.

Era uma operação demorada.

Fazer a barba. Passar creme, pó, delinear os olhos, pintar. O batom, o rímel. Pintar as unhas. Tirar mais uma vez os pêlos. Prender o pau com uma placa adesiva. Pôr a calcinha, o sutiã, as meias. Entrar no vestido.

Voltar a se olhar no espelho.

"O cabelo! O cabelo!"

Colocar a peruca. Prender aquele negócio na cabeça.
Entrar nos sapatos de salto.
Retornar ao espelho.
Um retoque aqui, outro ali.
Os brincos. O colar. A tornozeleira. Os braceletes.

Quase duas horas e meia de produção e os detalhes denunciavam a farsa: ombros largos, o pomo de Adão, a cintura impossível.

Nicole exigia demais.
Pegar a bolsa e sair.
Buscar refúgio na discoclub.

Fingir que estava tendo prazer de dançar aquela música bate-estaca em volume altíssimo. A fumaça de cigarro tingindo as roupas.

A conversa idiota das outras Nicoles:
– Eu sou fina, linda. Não me rebaixo.
– Fina? Fina é agulha, santa.

23

Um dia, um gato.

Ele se chamava Vítor. Era musculoso. Usava camisetas justas, segundo o visual Barbie básico da época; camisetas t-shirt branca e jeans. Era o que as Vagabundas chamavam de comida.

Houve um contato imediato na pista. Nova aproximação na área reservada.

Acabaram saindo juntos.

Foram para aquele hoteleco com quartos manchados pela umidade esverdeada, mofo nas paredes, cheiro de desinfetante nos lençóis.

Saíram outras vezes.

O suficiente para Nicole perceber que Vítor não era a Barbie Encantada que parecia ser no escurinho do clube.

Vítor lembrava um bombeiro. Agarrado no pau como se fosse uma mangueira providencial. Olhava-se constantemente no espelho. Fazia exercícios de retração do abdome.

Queria ser servido e, como um velho milionário sovina, dava gorjetas irrisórias.

Segundo aquele antigo manual ativo/passivo, podia-se dizer que Vítor era um passivo/ativo, se é que me faço entender.

Vítor queria obter o máximo e devolver o mínimo. Agia como se estivesse sozinho no mundo. Devia se sentir o Sol, com todas aquelas bolas idiotas, girando em volta dele.

Talvez fosse uma maneira dele se defender da "crueldade do mundo", como o infeliz dizia, como criança que vê novela demais.

Não importa.

O fato é que era uma relação altamente insatisfatória.

Depois que ele acabava, erguia-se e sumia no banheiro. Fazia ruídos íntimos nojentos ali dentro.

De volta, vinha uma longa sessão de gemidos, bocejos e outros sons menos agradáveis. Vítor parecia às vezes um quadro na parede, um objeto de decoração, sem história, desses que a gente compra e depois esquece onde e por que comprou.

Um dia, traiu Vítor com um desconhecido.

Quando se viu, estava na cama com outro.

Ele fazia tudo melhor que Vítor. Era carinhoso, meigo e se entregava completamente.

Foi a melhor foda de Nicole.

Ficaram horas na cama. O pau dele era um exercício de imaginação. Ia crescendo a cada chupada. Quando se imaginava que aquilo não poderia crescer mais, nova surpresa. O pau dele inflava e surpreendia a boca de Nicole.

Ele penetrava nela. Ficava muito tempo ali dentro, agasalhado, e, então, era retirado para ser novamente beijado e acariciado e inflado mais um pouco pela língua de Nicole.

O desconhecido era moreno, peludo, jovem, musculoso e resistente. Treparam por horas. Nunca mais Nicole sentiria tanto prazer. O pau dele a completava, lhe proporcionava uma sensação de bem-estar e completude.

– Como é bom... Como você mexe gostoso... – ele sussurra-

va no ouvido de Nicole, que soltava as amarras, qual cisne branco em noite de lua.

Quando não agüentaram mais, eles se separaram e gozaram pela cama.

O que aconteceu depois é um mistério ainda hoje para Nicole.

Simplesmente, Nicole o beijou. Ergueu-se e saiu pela porta.

Não disse qualquer palavra. Não marcou encontro. Não fez nenhum esforço para revê-lo. Para trocá-lo por Vítor.

Ele ainda a interceptou na rua, minutos mais tarde. Queria lhe dar uma carona. Nicole rejeitou. Foi embora. Sem um número de telefone de garantia.

Não, não queria vê-lo novamente. Nada que pudesse ser tão bom assim na primeira vez poderia se repetir. Acreditava. Não pagou para saber se estava certa ou errada. A mãe de Nicole diria que ela havia acabado de dar mais um "pontapé na sorte".

– Ele pode ter a doença – resmungou, enquanto tomava o metrô lotado, dando uma de raposa de fábula.

Para Nicole, Vítor tinha passado a ser uma prova de resistência. Ela suportou o que pôde. Contava até dez. Acreditava em mudanças. Breves.

Uma noite, no hotel, Nicole percebeu que era uma relação de mão-única. Só ele tinha direito ao prazer. Vítor não era um personagem. Não tinha história, não tinha dramas pessoais, nem carnês atrasados. Era um... pênis. Um enorme pênis...

Ela se vestiu rapidamente e saiu apressada pelo corredor, os sapatos na mão.

Passou voando pela portaria, onde a recepcionista rabiscava palavras cruzadas.

Na rua, buscou refúgio no carro.

Deu a partida.

De volta para casa, soprava o ar, indignada.

Bufava, na realidade.

Ela entendia agora por que o movimento feminista havia ganho milhões de adeptas no mundo inteiro em tão pouco tempo.

– Meu Deus, que incompetente! – Nicole dizia alto, para os intrumentos do carro.

Chegou em casa.

Correu para o banheiro.

Tirou o resto da maquiagem, os enfeites e acessórios, a roupa.

Entrou no chuveiro.

– Como vai ser? – perguntava para a torneira da ducha.

A torneira respondeu:

– Não tenho a mínima idéia.

24

De volta à Berggasse, 19.

Sig fumava um charuto e prestava atenção no que Nicola dizia:

– Eu não consigo definir a cena. Vejo alguns elementos, mas não consigo entender o significado. É como mensagem de computador para iniciante.

Sig anotou uma frase em seu bloco. Sugou o charuto. Soltou a fumaça e desviou o olhar para o chão, para um canto neutro do consultório.

– Estou na cama de meus pais. Sou ainda criança...

Depois de uma breve interrupção:

– Não sei mais o que dizer. É uma bobagem. Não tem importância. Não sei por que uma cena assim possa ajudar...

Sig disse:

– Conte. Não se preocupe se é ou não importante. Simplesmente relate o que aconteceu. Não se preocupe comigo.

Sig deu mais uma baforada em seu charuto e completou:

– Eu não estou aqui para julgá-lo, mas para aliviar o seu sofrimento.

Nicola balançou a cabeça, em dúvida:

– Era criança... Foi uma coisa estúpida.

25

Casa de imigrantes italianos. Velhos quadros nas paredes. Imagens em preto e branco. Gente mal-encarada, vestida com roupas escuras. Homens e mulheres parecendo sérios demais o tempo inteiro. Imigrantes naquela barca de fazer a América no Brasil. Tinham deixado os ossos dos antepassados para trás. Um desembarque feito de esperança. A esperança precisava primeiro resistir ao sol de 35 graus.

Nas fotos, as mulheres negavam a sedução. Cabelo amarrado, preso, atrofiado no alto da cabeça. Os homens fugiam da sensualidade, com coletes, bengalas, capotes e chapéus que davam a idéia de uma camisa-de-força conjugada.

Quem ele era?

Como seu personagem poderia se encaixar naquela telenovela baixo-astral?

Não se sentia representando o personagem-símbolo, que chega aos trópicos e decai, que sente prazer em se conspurcar.

Era um sobrevivente de uma fuga. A terceira geração de emigrados. Conseguira chegar à faculdade – o sonho não realizado da segunda geração.

– Eu não pude estudar, mas o meu filho...

Frase repetida milhares de vezes em milhares de lares iguais aos dele.

Agora, com uma coleção de diplomas debaixo do braço, a única vontade dele era a de retornar ao continente de origem.

Não pertencia aos trópicos. Detestava samba. Odiava carnaval – os desfiles pareciam ser sempre os mesmos, as músicas eram um longo e interminável martírio. Não conseguia gostar das comidas típicas, nem de batuque, que o perseguia por todo lado. Era um estrangeiro. Queria voltar ao lugar a que pertencia, mas não sabia mais que lugar era esse.

26

Depois de Vítor, veio o dilúvio.

O dilúvio chegou na forma de uma notícia de jornal.

Falava-se de uma estranha epidemia que andava matando homossexuais. A descoberta, feita por um cientista francês, dava conta de um vírus que se transmitia pelo esperma e pelo sangue. O vírus se ocultava no ânus e se manifestava em um ou dois anos, após a contaminação. A doença atingia o sistema imunológico e tornava suas vítimas presas fáceis de qualquer infecção oportunista. Os sintomas mais comuns eram diarréia, tosse contínua, febre e dores nas juntas.

Nicola não se conformava com o que havia acabado de ler. Releu duas ou três vezes a mesma notícia.

Naquele dia, não foi trabalhar.

Começou a sentir-se mal. No dia seguinte, acordou com todos os sintomas da doença que os jornais, na época, acreditavam ser os únicos e predominantes.

Sentia-se febril, estava com diarréia, tossia sem parar e o corpo era um punhado de músculos e ossos esmagados em um moedor de carne.

– Estou morrendo – concluiu.

Andava pelas ruas como um fantasma.

Tossia.

Espirrava.

Era a morte chegando.

Não iria procurar os médicos.

Decidiu que morreria sozinho em casa.

Os bombeiros arrombariam a porta, semanas depois, alertados pelos vizinhos.

Encontrariam o corpo "em adiantado estado de putrefação", como os jornais gostavam de escrever.

O fim...

A morte chegava...

"Não há mais o que fazer", pensou, enquanto ia mais uma vez ao banheiro.

À noite, mudou de idéia e decidiu procurar um médico.

Na sala de espera, sentia-se o próprio condenado no corredor da morte.

O médico colocou o estetoscópio no peito, nas costas. Pediu para ele tossir. Deu uma olhada na garganta e, em cinco minutos, o diagnóstico estava pronto:

– Gripe.

Nicola não se conformou:

– Só gripe, doutor?

– Só.

– Eu faltei ao trabalho, doutor. Estava me sentindo muito mal.

– Nem precisava ter faltado. É só uma gripe leve.

Nicola insistia:

– Mas e a tosse, doutor?

– Faz parte da gripe.

– E a diarréia?

– É alguma coisa que você comeu ou pode ser uma indisposição nervosa. Você está com problemas no trabalho? Com mulher?

Nicola retirou-se cabisbaixo. Parcialmente feliz. Sabia, no íntimo, que o médico não descobrira a verdadeira natureza do mal que o destruía, silenciosamente.

– Ele vai ver da próxima vez – resmungou Nicola, pressentindo a vingança não muito distante.

As notícias só pioraram nos meses seguintes. A doença atingia personalidades de várias camadas sociais. Astros de cinema e da tv se transformavam em cifras trágicas do vírus.

Os guetos se esvaziaram.

No trabalho, os homofóbicos exultavam:

– Vamos ficar livres desse câncer.

O câncer, no caso, eram as bichas.

As informações mais detalhadas da doença só chegaram aos poucos. Os infectologistas alertaram que o vírus atingia também heterossexuais, inclusive mulheres e crianças.

Depois, começou a se falar em sexo seguro, uso de preservativo. Os sintomas se tornaram mais abrangentes até que se esclare-

ceu que o vírus provocava um sem-número de doenças e era complicado estabelecer um único grupo de efeitos sintomáticos.

Enfim veio a informação indispensável: o mal existia, era fatal, mas passível de ser evitado, evitando-se o contato com esperma e sangue contaminados.

Fim dos trenzinhos, fim dos encontros anônimos nos banheiros de cinemas decadentes, fim das saunas...

– É ina-cre-di-tá-vel – se queixava a bicha no bar abandonado. – Há milênios o pessoal vem dando e justo quando chega a minha vez acontece uma coisa dessa. Isso é perseguição lá de cima. Vou cortar a ração de velas para Santo Antônio.

– Que nada – disse a outra, – agora é que você vai ter que puxar o saco do santo para casar, santa, senão, já viu, né.

27

Nicola viveu meses de inferno astral.

Cortou os relacionamentos.

Raramente saía de casa.

Quando saía, aconteciam coisas desagradáveis.

Nicole precisava aprender a se recolher, como fazem os ursos para agüentar os invernos prolongados. Tinha que ter paciência e aguardar. Era a tempestade sobre o veleiro, hora de ficar dentro da cabine, enrolada em um cobertor, quietinha, as velas guardadas para quando fizesse sol novamente.

Mas como fazer para bloquear a ação das noites quentes e pegajosas? Aquele amolecimento que atordoa? Como impedir a lâmina de fazer seu trabalho? Como segurar o creme de se espalhar pela pele? E o esmalte? Como negar seu destino e impedi-lo de dar vida às unhas dos pés e das mãos? E a meia? Como impedir o náilon de escorregar sobre a perna e se fixar na coxa? E a lingerie*? Para que ela fora feita, senão para se encaixar assim, entre as nádegas? E a peruca? Ela não salta e não se ajeita sozinha sobre a cabeça?*

Nicole, montada, mais uma vez...

Vai, Nicole, rebola essa bunda gostosa, mostra essas coxas, exibe o sapato de verniz. Mostra os peitos falsos, que parecem verdadeiros aqui nesse canto dessa boate deserdada, mas que a gente transforma em algo brilhante e verdadeiro de quinta a domingo.

Nicole ia ao encontro de seu destino, quando aconteceu outro intervalo, outro lapso histórico. Nada imprevisível desta vez, como um vírus invisível.

Eles deviam ser uns quatro ou cinco. Eram carecas, usavam coturnos, calças jeans e camisetas com inscrições e suásticas.

Nicole foi cercada.

A rua era neutra. Nenhum grito poderia fazê-la tomar partido.

Principalmente se o grito vinha de uma bicha, transmissora da peste.

A peruca voou longe. Nicole sentiu os tapas e os pontapés.

Depois, tentou correr, mas foi malsucedida. Caiu, enquanto os coturnos voavam sobre suas costelas.

Gritou, implorou, gemeu, gritou outra vez, mas rua era neutra. A rua não se manifesta quando os nazistas fazem o seu trabalho e nos ensinam como devemos agir. Os nazistas têm lições de vida para ensinar e percorrem o planeta, passando deveres de casa.

Nicole tentava levantar, mas era atropelada. Tentava gritar, mas as porradas a sufocavam. – É só o começo – eles diziam. – Você vai implorar pra morrer, bicha louca.

Ouviu um deles sugerindo:

– Essa bichona vai chupar todo mundo.

Outro pensava de maneira diferente:

– Você quer pegar o câncer gay, seu trouxa?

As vozes martelavam em várias direções:

– Vamos arrancar o pau dele; Cuidado com o sangue, se sair sangue, a gente pega o câncer gay; E se atirar ele do viaduto?

Com tantas opções em aberto, com tamanho leque de possibilidades, os meninos de coturno decidiram que já era o suficien-

te. Limitaram-se a dar mais uns pontapés e, antes de ir embora, deixaram uma lembrança para Nicole. Urinaram sobre ela.

Quando se certificou de que eles haviam mesmo desaparecido, ela se arrastou para um canto da parede e ficou respirando, sentindo o corpo e sua extensão. Tentou se levantar. Apoiou-se na parede e ficou em pé. O estrago não tinha sido tão grande. Havia um desejo de vingança, mas nada muito sério.

Recolheu os sapatos.

Achou a peruca.

Chamou um táxi.

Depois do banho, passou gel, para aliviar as contusões, nas partes mais doloridas. Rezou para que eles não tivessem arrebentado alguma coisa dentro dela, uma veia, uma artéria, esses negócios que explodem e matam a gente em silêncio.

Caiu na cama.

Esperava a morte bater na porta.

Nicola era um romântico incorrigível.

Não sabia que a morte não bate na porta. A morte arromba a porta.

28

Semanas mais tarde, o telefone tocou de madrugada.

Atendeu.

O sono desapareceu.

Estava desperto e atento, olhos arregalados, como o escriba egípcio do Louvre.

Era a mamma.

Chorava.

O pai tinha morrido.

Nicola desligou o aparelho.

Trocou de roupa em segundos.

Correu para o hospital.

Sua cabeça funcionava com a metodologia e a pragmática de quem sabe que vai enfrentar momentos difíceis.

Separava os pensamentos inúteis, as emoções que embaralhavam o raciocínio e procurava criar uma tabela de ações práticas.

Nesse cronograma, vinham a liberação do corpo, o atestado de óbito, as providências para o enterro (a escolha do caixão, o contato com o cemitério), os avisos fúnebres, o dinheiro reservado para as gorjetas.

O cronograma era tão bem arranjado que esquecia da emoção, do sentimento de perda.

Nicola só percebeu que seu pai havia morrido meses depois.

3

Ao interromper a leitura, fechar o arquivo e desligar o computador, a mulher do professor agia em câmara lenta, como se não fosse ela que estivesse praticando todos aqueles gestos, mas outra pessoa, com movimentos autônomos. Era como se sua consciência tivesse ficado aprisionada em um corpo estranho, transplantada em um andróide.

A mulher do professor viu seu corpo sair pela porta da casa. Entrar no carro e disparar pelas alamedas arborizadas do condomínio fechado. O carro superou os limites e foi parar na terra de ninguém, a auto-estrada congestionada. Ultrapassava os carros. Dava sinal. O corpo agia com equilíbrio e dinâmica. Era um corpo autônomo.

O carro parou em um semáforo e os miseráveis de sempre se aproximaram, vendendo alho, biscoitos de polvilho, acessórios para o carro, suco, brinquedos e espalhando sua aflição e provocando medo, como os leprosos do passado.

Outros distribuíam papéis que ela não recolhia. Eram ofertas para negócios imobiliários, compra de pneus, escapamentos, amortecedores e bugigangas.

O farol abriu e Helena viu seu carro rodar silenciosamente, como se soubesse para onde estava indo.

Naquele estado de choque e trauma, a mulher do professor entrou no campus da universidade. O carro parou nas proximidades da Faculdade de Psicologia. Helena observou seu corpo descer do veículo e se dirigir para a entrada do prédio.

Passou pela portaria, atravessou o saguão de entrada e continuou caminhando em direção ao anfiteatro. Desviou de um cartaz na entrada que informava ao público que naquele local estava sendo proferida uma palestra pelo professor Boris Awakenakov, especialista russo em regressão.

O corpo da mulher do professor N.A. seguiu em frente. Entrou no anfiteatro e buscou uma poltrona vaga nas proximidades do palco.

No tablado do palco, Boris Awakenakov falava em inglês e explicava os fundamentos da regressão e como era possível descobrir os papéis que tínhamos representado em nossas vidas passadas.

– Um profissional competente é capaz de puxar os fios invisíveis que conduzirão as almas a caminhos inimagináveis – assegurava o professor que ministrava a palestra.

Awakenakov dizia que tudo estava oculto em algum canto de nosso computador central. Bastava se entregar a alguém que conhecesse as técnicas necessárias e esses arquivos se abririam naturalmente.

– Como o especialista que desvenda e vasculha um PC, em busca de informações reservadas, o regressionista invade a alma e, com a devida permissão, resgata as vidas passadas – garantia o especialista russo, do alto de seus dois metros, enquanto observava a platéia com óculos de aro de fundo de garrafa e cofiava os pêlos da longa cabeleira que se misturava à barba espessa, emaranhada de fios brancos e pretos.

O professor russo usava um terno escuro, com gravata borboleta azulada. Quando caminhava, batia seus pés, resguardados por um grosso solado de borracha, no madeirame rangente do palco do anfiteatro.

Era um homem assustador, que parecia guardar segredos inconfessáveis da humanidade.

Durante a guerra fria, o professor Awakenakov tinha trabalhado para a KGB, ajudando a contra-espionagem a descobrir bases secretas de lançamento de mísseis nucleares norte-americanos e da Otan, espalhadas pela Europa. O professor concentrava-se diante de um mapa e colocava o dedo sobre um ponto qualquer. Em seguida, com os olhos tampados, rabiscava num papel branco figuras que iam se transformando em plataformas de lançamento, homens e construções.

Os russos investigavam a visão do professor e davam-se conta que a imaterialidade paranormal tinha contrapartida física e real no ponto determinado. De seus aviões espiões os russos fotografavam os locais indicados pelo professor e verificavam que as plataformas e os mísseis estavam lá, assim como os homens e as construções imaginadas.

Não havia explicação para o poder do professor Awakenakov e de outros beneficiados por esse tipo de dote ou maldição. O fato era que o professor, assim como meia dúzia de paranormais semelhantes, conseguia descobrir bases inimigas em território inimigo. Melhor que isso: determinava como era a construção, sem nunca ter se aproximado desses locais.

Muitos acordos de paz depois, muro de Berlim derrubado, o professor ganhava a vida agora dando palestras pelo mundo sobre regressão, um assunto que o atraía mais do que qualquer outra coisa, incluindo aí bases estratégicas.

O professor garantia que tinha sido um césar romano e estivera na Galiléia no tempo que Jesus andava pelo mundo. Verdade ou não, o fato é que Awakenakov impressionava por sua oratória ardente e por suas demonstrações regressivas, para as quais escolhia, arbitrariamente alguém na platéia, em geral, pessoas sisudas, com cara de poucos amigos, descrentes de tudo e de todos.

– A senhora, por favor – pediu Awakenakov, – a senhora mesma de óculos, com cabelo preso e vestido claro – dizia o professor russo para alguém sentado nas primeiras filas do anfiteatro.

A pessoa escolhida apontou para o próprio peito e olhou para os vizinhos, com a esperança de que fosse outra a vítima e não ela. Mas não havia vizinhos de cabelo preso e vestido claro. Era ela mesma, só podia ser ela.

– Isso mesmo, a senhora – repetiu o professor Awakenakov, com uma certa impaciência – a senhora poderia subir aqui um minuto, por favor?

Incrédula, a escolhida não sabia o que fazer. A platéia aguardava, tensa, pelo desfecho breve daquela demonstração de covardia, que não ficava bem diante dos olhos do estrangeiro desmiolado.

A mulher do professor N.A. viu seu corpo encaminhar-se para o cadafalso e nada pôde fazer. Submersa pelo gigante barbudo, Helena preparou-se para o pior.

Tinha uma opinião formada a respeito desse pessoal que ensaiava experiências regressivas. – Eles sempre descobrem que a gente foi uma rainha ou uma imperadora. Ninguém era camponesa ou prostituta no passado – costumava dizer a mulher do professor N.A., fazendo troça dos regressionistas.

Agora, diante do gigante russo de olhos esbugalhados, que se arregalavam ainda mais sob o fundo escuro das lentes grossas, a mulher do professor sabia que seu dia iria ficar muito pior do que já havia começado.

Deitou-se no divã, sob os olhares divertidos da platéia, e relaxou como se fosse um cordeiro prestes a ser sacrificado pelo patriarca judeu.

As luzes apagaram-se. Somente um facho luminoso jorrou sobre o divã. Partículas de pó agitavam-se na linha luminosa que ia do canhão de luz, instalado no fundo da sala, até o palco do anfiteatro.

A mulher do professor N.A. respondeu a algumas perguntas simples e depois mergulhou naquilo que aparentava ser um sono profundo. Quando acordou, meia hora mais tarde, não sabia o que tinha se passado. As luzes já estavam acesas normalmente e o professor russo a conduziu até seu lugar. A platéia tossia, espirrava, comentava em voz alta, outros davam sinais de muito nervosismo, enxugando o suor do rosto, as mãos trêmulas. Alguém dizia:

– Estou todo arrepiado.

Fosse o que fosse que tivesse acontecido, aquilo conseguira conquistar a platéia, que parecia ainda tão impressionada com o ocorrido como se tivesse presenciado um videoteipe de Jesus caminhando sobre as águas.

A palestra encerrou-se pouco depois e o professor russo saiu do palco sob uma enxurrada de aplausos e gritos, sentindo-se um tenor de ópera.

A mulher do professor N.A. não aplaudiu nem gritou. Ia saindo da sala, observada com interesse pela platéia, quando foi segura pelo braço.

Um homem de cara redonda e vermelha, cabelo empastado, disse qualquer coisa em inglês com sotaque e a arrastou para o lado. Era um seqüestro... A KGB... Não. Tratava-se provavelmente de outro maldito regressionista russo, em busca talvez de novas experiências, imaginou a mulher do professor N.A., indecisa entre pedir socorro ou enfiar o braço naquela cara redonda comunista.

Sem saber o que fazer, Helena acabou no que seriam os camarins do anfiteatro. Sentado em uma cadeira esquálida, o corpulento professor russo tomava água mineral sem gás enquanto enxugava o suor com um lenço branco que trazia suas iniciais, B.A., bordadas em linha azul.

O professor paranormal ergueu-se de sua minúscula cadeira e ocupou, com seu corpo, barba e cabelo, quase todo o oxigênio útil do camarim. Empurrou assessores e puxa-sacos para fora do aposento e fechou a porta. Virou-se para Helena, e colocou mãos que pareciam dragas carregadas de cimento sobre os ombros da mulher, que desabou na cadeira de assento aquecido.

Em pé, o professor russo derretia. O suor escorria pelo rosto de Awakenakov, embrulhado em um terno de lã.

As mãos grossas e peludas cortavam o ar enclausurado do camarim.

– Foi impressionante, senhora... – dizia o russo, – impressionante...

A mulher do professor N.A. tentava entender o que o outro queria dizer com tantas expressões como "surpreendente", "assustador", "fantástico". Awakenakov tentava informar a Helena que aquela regressão tinha sido uma das melhores e mais bem-sucedidas que ele já havia ajudado a eclodir.

– Foi uma torrente, uma tempestade, uma borrasca – indicava o russo, sugerindo entre outras frases, que a mulher do professor o acompanhasse até o hotel onde ele estava hospedado para prosseguir com aquela sessão saca-rolha do passado remoto.

– Há muita coisa ainda para ser arrancada daí... – dizia o russo, agitado, resvalando a cabeça na lâmpada do teto do camarim enquanto andava de um lado para outro do pequeno aposento, sob o olhar apatetado da mulher do professor.

Quando entendeu que teria de seguir aquele gigante maluco, Helena desculpou-se e recuperou o domínio de seu corpo.

A sensação de câmara lenta se desfez e a mulher do professor regrediu agora, por conta própria e sem ajuda mediúnica, para algumas horas, compreendendo o que provocara aquele descompromisso com seus deveres. Ficara chocada com o que lera no arquivo *Ele (a)*. Quando, como e por que ele havia escrito aquilo tudo, a mulher do professor ainda não sabia. Isso era o mais assustador.

O russo gritava em inglês que Helena revelara em sua regressão passagens comoventes de vidas passadas.

– A senhora era uma prostituta francesa na época da Revolução. A senhora fez amor com Danton, pouco antes de ele ser guilhotinado.

A mulher do professor forçou passagem, mas o corpanzil do russo era uma parede intransponível.

– A senhora fez também parte do harém de um faraó e era uma lésbica apaixonada por Messalina – gritava o russo.

Helena conseguiu abrir passagem. Visualizou a porta. Correu para ela. Virou a chave na fechadura, torceu o trinco e abriu...

O russo enfiou sua manzorra na porta, que se fechou novamente com estrondo.

– Não vá ainda. Dentro da senhora vivem muitas mulheres. São todas...

Não só dentro de mim, pensou Helena. – Por favor! – ela protestou, puxando a porta com força. A mão do russo continuava empurrando a porta na direção contrária.

O russo não parava de falar:

– Mulheres fortes... Ardentes... A senhora precisa de ajuda. Elas estão dentro da senhora. Por sinal, quem são Ventania e Lua?

Uma só causa tanto problema, ela pensou. Helena não conseguia fugir do quarto. Voltou para dentro do camarim. Sentou-se em uma cadeira e escondeu o rosto entre as mãos. Desesperada, queria se livrar daquele russo inoportuno e suarento, mas estava presa...

– A senhora precisa ter calma – dizia o russo. – Elas podem afetar a sua vida real de alguma maneira. A senhora deveria procurar também um analista.

– A puta não sou eu. É o meu marido – ela gritou, deixando o russo sem ação.

A porta foi aberta e um puxa-saco apontou a cabeça no camarim.

Foi a deixa para a mulher do professor saltar de onde estava e correr em direção à liberdade.

Abriu a porta com força. Empurrou o puxa-saco para o lado. Passou pelo meio de um grupo de pessoas que aguardavam o russo e só parou de correr quando chegou ao estacionamento.

Entrou no carro e saiu, cantando pneu.

Deu tempo ainda de ver o russo, seguido por uma pequena multidão. O russo que parecia gritar algo como "um homem", qualquer coisa assim, *also a man...*

Olhava pelo retrovisor, temerosa que eles viessem em carreata seqüestrá-la.

Não era só a mulher do professor N.A. que se sentia perturbada pelo arquivo *Ele (a)*. O professor N.A. também passava maus bocados. Tentava buscar refúgio na rotina, repetindo gestos que até então o tinham preservado dos desastres naturais. Acordava cedo. Arrastava-se para fora da cama. Comia a refeição matinal de sempre. Repetia as roupas, o mesmo caminho para a universidade, as aulas. Procurava manter-se alheio às questiúnculas acadêmicas. Fazia seu trabalho com o espírito burocrático de alguém que sempre tinha perseguido o próprio rabo.

Acompanhava a mulher, aos sábados, na sessão de compras no shopping. Levava os filhos, a sogra, a mãe e a mulher para comer fora no domingo. Mas sentia que o piso estava cedendo.

O arquivo *Ele(a)* representava um lapso, uma vida inteira vivida na clandestinidade. Sentia-se um ator de mentira, representando um papel falso, enquanto sua sombra era o ator verdadeiro, atuando de fato nos bastidores para um pequeno grupo de privilegiados.

Passou noites em claro, tentando decidir se comentaria com a família seu drama pessoal.

Mas era uma medida fora de questão. Não poderia chegar no jantar, e virar-se para a mulher, a sogra, a mãe e os filhos e dizer:

– Eu tenho uma mulher dentro de mim.

O professor não aceitava aquela vocação sexual.

Se deixasse aquela mulher tomar conta de seu corpo, estaria destruído. Tinha que mantê-la longe de sua vida. Afastá-la de sua mulher e de seus filhos. Precisava proteger sua família contra aquela aventureira, intrusa, destruidora de lares.

"Tenho uma vagabunda dentro de mim", pensava o professor, rolando na cama, preocupado com os rumos de sua vida sexual.

E se sua mulher desconfiasse? Se ela começasse a perguntar se ele tinha outra mulher? O que dizer? Como explicar para ela?

O que diriam seus alunos se, no lugar do vetusto professor de óculos grossos e gravatas discretas, aparecesse um travesti equilibrando-se em sapatos vermelhos de salto alto?

Viriam a chacota, o descaso, a maledicência, a incompreensão...

"Justificadamente", ponderou o professor irritado, com aquela visão que, de certa maneira, contemporizava com a vagabunda, que passara a aterrorizar sua vida.

Helena visitava amigas. Passava tardes tomando chá, discutindo assuntos periféricos, longe da "dupla de espiãs". Outro lugar onde ela costumava se esconder era no trabalho, na escola. Ministrava poucas aulas e raramente tinha problemas com os alunos. Eles nem se lembravam que ela existia, porque sempre conseguiam as notas necessárias.

Helena sentia rancor. Isso a perturbava. Era um sentimento negativo que não conseguia evitar. Não engolia ter sido trocada. O marido voltara, é verdade, de joelhos, arrastando sua culpa como Barrabás, mas era insuportável o pensamento de que um dia ele estivera na cama com outra.

– A minha vontade era capá-lo – disse com franqueza para as amigas, enquanto tentava engolir um gole de chá.

Elza, a amiga mais próxima, mais confidente, tossiu e engasgou. Cristina, a metida, pôs a mão no peito em um gesto estudado de gente chique. Hilda abriu a boca, os olhos míopes sumindo sob as lentes grossas.

– Nossa, que furor uterino – brincou a metida.

– Ela não está falando sério – contemporizou Elza, casada com um vendedor de porta em porta que tinha se transformado em um bem-sucedido corretor imobiliário e desde então aparecia pouco em casa.

Hilda escondeu o rosto na xícara de café. Ela não tomava chá. Nunca.

– Arrancar o pau dele com uma faca bem afiada...

O mal-estar obrigou a uma mudança de curso. Cristina, a metida, tentou falar de sua última viagem a Cancun, enquanto Elza fingia estar interessada. Hilda, constrangida, tentava afastar de seus pensamentos a cena sangrenta.

– Aquela Bárbara era uma vagabunda... – insistiu Helena, silenciando as amigas. – Se fosse outra mulher, mais nova, mais bonita, mas ela tem a minha idade. E é negra.

Silêncio na sala. A colher de Cristina tilintava na xícara como o Big Ben soando ao meio-dia.

– Talvez ela tenha um segredo... – Elza tentou dizer alguma coisa, – algo que a gente não tem. – Disfarçava a preocupação, com o marido ausente, voltando tarde da noite, manchas de batom, cheiro de perfume e cuecas manchadas. As provas humilhantes do crime, tudo tão velho e tão presente.

– Mas ele voltou, não voltou? Para que ficar esquentando a cabeça – disse a cabeça-de-vento Cristina, que foi capaz de preparar seu casamento por doze longos e exaustivos meses, gostando pelo menos uma hora por dia em intermináveis conversas telefônicas, ora com o florista, ora com o homem do som, o rapaz do vídeo, o padre, o coral, que foi trocado, a pianista, substituída por uma organista, a cantora, outro coro, o vestido, a costureira, a outra costureira, a amiga que ia ceder a filha para daminha.

– Ele te ama – disse Elza, incapaz de saber se a mesma resposta podia se aplicar ao seu caso.

– Seu marido parece... – Hilda não completou a frase, como sempre fazia, uma mania irritante.

– Parece o quê? – quis saber Elza, impaciente.

– Ele é estranho. Muito carregado, pesado, os ombros curvados, pouco à vontade no papel de marido, professor, pai de família... – Hilda falava naturalmente, uma terrorista sorridente, entrando no salão de conferências da ONU e depositando uma bomba no centro da sala. A psicóloga Hilda, que nunca tinha exercido a profissão, mostrava uma intuição sobrenatural. – É um homem que guarda segredos, que parece ter uma vida paralela, secreta.

– Que horrorrrrr – exagerou Cristina. – De onde veio essa análise, mulher?

"Os miseráveis lá fora e a gente aqui tricotando bobagens", pensava Elza, a eterna culpada.

– É o jeito dele, não sei explicar... – dizia Hilda.

– Me-ni-na... Eu, hein. – Cristina não se conformava com a acuidade da amiga.

Com a descoberta do arquivo *Ele (a)*, Helena sentia uma ponta de saudade do velho rancor. Aterrorizada demais para se abrir com as amigas, não sabia o que fazer diante do desconhecido.

Outra tarde, outra reunião, e Cristina, como sempre, parecia ter a intuição de dizer a coisa errada na hora errada.

– Gente, vocês lembram da Soraya, uma amiga minha judia?

Sim elas se lembravam da Soraya, uma ruiva de quarenta anos, face encaveirada, que reunia dentro dela doenças variáveis como osteoporose, diabetes, asma, mas que conseguia manter sempre nos lábios um sopro de sorriso, como se fosse o último que a Terra assistiria. Soraya era casada com um figurão, um advogado desses que aparece na televisão quando é preciso salvar o pescoço de um político pilantra ou um empresário gatuno. O marido dela era um conjunto de comentários satisfatórios: "lindo de doer", "parece um modelo", "tem a bunda empinada que é uma delícia", "atlético", "covinha no queixo", "atencioso" – sem falar do principal –, "estupidamente rico".

O que aquele cara fazia com a Soraya era um mistério que a comunidade de mulheres tentava decifrar há tempos.

– Morreu? – tentou adivinhar Elza.

– Não, ainda não – disse Cristina, que tinha mudado outra vez o penteado. Ela aproveitou o suspense. Verificou se todos os olhos estavam voltados para ela, soltou o pino da granada e lançou o petardo: – O marido dela saiu de casa.

– Já não era sem tempo – Elza ficou aliviada.

– Largou a mulher e foi morar com um cara. Um homem. Um gay, quero dizer. A Soraya ficou duas semanas fazendo sonoterapia, a infeliz.

Helena ia cuspir o chá no meio da sala de Cristina, o que seria bem feito para aquele tapete branco felpudo e aquela mesa de vidro transparente, mas conseguiu se conter. Na semana seguinte, as três poderiam estar ali mesmo se divertindo dela, Helena, comentando a fuga do professor N.A.

– Dizem que ele era uma bichona depravada, dessas de levar lulu para passear no largo do Arouche.

As três iriam se divertir, dando boas risadas.

– Também, com uma mulher travada como aquela, até eu virava bicha – diria Cristina, a metida.

– Eu falei que ele era estranho – comentaria a psicóloga fracassada.

– O pior é a aids, a coitada já deve estar contaminada – Cristina detonaria o que seria a mãe de todos os mísseis e poria um ponto final na conversa, enquanto as colheres tilintariam na sala ensolarada.

Helena ficou mais algum tempo, esperando a conversa se desviar para temas sem aderência. A mulher do professor se sentia tonta, as pernas tremiam. Precisava de ar puro. Fugir daquela sala.

No dia seguinte, o professor N.A. visitou o analista, que lhe havia conseguido uma hora no final da tarde, e entregou um disquete contendo o arquivo. Depois de dez anos de análise, era a primeira vez que o professor pedia para antecipar a sessão. O psicanalista se atrapalhou com as informações do arquivo *Ele (a)*, narradas pelo professor N.A., e revirou suas fichas, tentando encontrar indícios.

Quando o psicanalista percebeu que seu paciente era o de sempre e não tinha vindo outro em seu lugar, procurou se recompor e se portar com mais tranqüilidade.

O final da sessão foi calmo. O psicanalista tinha compreendido que parte do muro que protegia o ego do professor se rompera e o id fluía agora com mais liberdade. – Vá até o final do arquivo – aconselhou o terapeuta, – na próxima sessão conte-me como termina.

O professor concordou com o profissional que o vinha ajudando há uma década e teve certeza de que seu longo período de análise poderia estar surtindo efeito e chegando ao fim.

– É muito importante conhecer o final – receitou o psicanalista.

Antes de retomar o texto, o professor N.A. passou no quarto dos filhos. Toda noite o professor contava uma história para as crianças. O menino e a menina ficavam cobertos, os olhos arregalados, enquanto o professor abria a página do livro grosso, de capa preta, escrito em letras vermelhas *Crime e castigo*. Era só começar a leitura da vida atribulada daquele estudante pobre que ia matar as duas velhinhas agiotas e os olhos se fechavam. Duas páginas, não mais que isso. Outro que funcionava como anestésico era o velho Machado.

As crianças dormiram. O professor apagou o abajur do quarto e foi para a biblioteca. No caminho, passou pelo quarto da mãe, ouviu um ronco e o som de tv. Idem, no quarto da sogra.

Desceu sem fazer barulho.

Entrou na biblioteca.

Acendeu o abajur.

Colocou Dostoievsky de volta na prateleira.

Ligou o computador.

Buscou o arquivo. Clicou duas vezes e viu quando o texto se abriu novamente na tela iluminada.

Respirou fundo e começou a escrever...

Na porta, oculta pela escuridão, Helena/Ventania observava os dedos do professor movendo-se pelo teclado.

Ele(a): Segunda parte

1

Tinha conseguido atravessar o oceano.

Estava morando em Hove, cidade litorânea da Inglaterra.

Vendera o carro, a geladeira, o fogão. Raspara as economias do banco.

Conseguira a liberação do fundo de garantia e comprara a passagem salvadora para o outro lado do mar.

Em Hove, alugara um apartamento pequeno com cozinha comunitária, o que significava que ele comprava os alimentos e a punk que vivia no apartamento ao lado os comia.

Em um mês de Inglaterra, conseguira um bom emprego de general help, *num hotel familiar.* General help *era um termo genérico que significava faxineiro, arrumadeiro, office-boy, carregador de malas e gerente.*

O dono do hotel Tavistock chamava-se mr. Parkinson, um veterano da Segunda Guerra. Mr. Parkinson bebia cerveja, depois do expediente e convidava Nicola para se juntar a ele.

Era um patrão liberal. Cabelo branco, ralo. Barba também branca. Alto, espigado, muito magro, cerca de setenta anos, mr. Parkinson falava um inglês quase incompreensível, por causa do sotaque escocês.

Demorou dois meses até Nicola compreender o que mr. Parkinson queria dizer com frases simples do tipo "top to bottom", que, com o sotaque escocês, se tornava uma expressão enigmática como "taepi tã bãttã".

Em tempo, top to bottom *queria dizer: "Pegue o lençol de baixo e ponha para lavar. Pegue o lençol de cima e faça a cama com ele. Arrume outro lençol limpo para cobrir a cama."*

A higiene se mostrava sofrível naquele hotel. Quem poderia garantir que o lençol de cima não tinha, vamos dizer assim, resvalado nas partes íntimas do hóspede anterior?

Se Nicola fosse o proprietário, trocaria os dois lençóis, mas mr. Parkinson era quem mandava e para ele devia representar uma economia razoável lavar uma dúzia de lençóis a cada três dias em lugar de 24. Portanto, Nicola cumpria as ordens.

Naqueles momentos agradáveis depois do expediente, mr. Parkinson conversava amistosamente com Nicola.

– Nichôl – ele dizia, inventando outro nome para o empregado, uma vez que sua língua não conseguia se dobrar adequadamente e dizer "Nicola", – Nichôl – ele dizia, – a vida inteira quis conhecer a França. Aos 28 anos, desembarquei em uma praia. Era o dia D. O lugar tinha sido bombardeado duramente pelos aliados. Mesmo assim, encontramos muita resistência.

Mr. Parkinson tomava um gole de cerveja e prosseguia.

– Andei dez passos em território francês. Não mais que dez passos...

Mr. Parkinson já devia ter contado aquela história pelo menos umas quinze mil vezes, mesmo assim conseguia preservar a emoção.

Os olhos brilhavam com as lembranças:

– Fui atirado para trás. Algo tinha me atingido na perna.

A dor foi tanta que mr. Parkinson desmaiou. Quando acordou estava novamente na Inglaterra, com a perna em pedaços, recheada de lascas de uma granada alemã.

No hospital, se apaixonou pela enfermeira de plantão. Esperaram o fim da guerra para se casar. Tiveram dois filhos, netos e agora mr. Parkinson tinha sobrevivido para contar a história e pregar o pacifismo:

– Guerra é uma coisa muito ruim, Nichôl – dizia.

Ao seu lado, a mulher, gordinha, baixinha, cabelo pintado em camadas, como se ela utilizasse a cabeça para experimentar diversas tinturas, repetia solene, depois de um longo e delicioso trago na cerveja:

– É uma coisa muito ruim...

Mr. Parkinson ria e em seguida bradava:

– Nunca mais voltei para aquela droga de país.

Riscava a França de seu mapa imaginário, com uma pincelada de dedo que rasgava o ar com raiva:

– Dez passos para mim foram o suficiente.

Nicola tomava coragem e fazia uma comparação infantil, na tentativa de ser simpático com os velhos:

– Mr. Parkinson, o senhor e a senhora Parkinson se conheceram como naquela história de Hemingway...

E agora, como traduzir Adeus às armas*?*

– Sim – mr. Parkinson ajudava. – Igual a Hemingway.

– A Farewell to arms – *completava a senhora Parkinson com sua voz agradavelmente rouca de fumante inveterada.*

À tarde, Nicola seguia para a Universidade de Sussex, onde havia se inscrito em um curso de literatura inglesa.

Mr. Parkinson sabia que Nicola estudava, por isso não permitia que ele ficasse nem um minuto depois das 13h no hotel.

– Nichôl! – ele gritava e mostrava o relógio. – Você está atrasado para a escola.

Era bom quando o trabalho terminava depois do meio-dia e Nicola podia se sentar no pub *subterrâneo do hotel e passar uns trinta minutos tomando cerveja – sempre quente, não havia cerveja gelada – batendo papo com o casal de velhos simpáticos.*

À noite, assistia aos programas da BBC 1 e dormia, ou pelo menos tentava.

2

Foi numa noite de tempestade, com o vento querendo explodir as janelas, que ele percebeu que o pai havia morrido.

Sonhava que era adolescente e conversava com o pai. Os dois riam. O pai o abraçava e dizia:

– Esse Nicola... Esse menino... Meu filho vale ouro...

Nicola também abraçava o pai, enquanto contava o resto de uma história qualquer que parecia diverti-lo demais.

Eles andavam por um campo gramado.

Nicola, de uniforme e chuteiras, iria defender seu colégio.

O pai ficava à margem do campo, de terno claro de corte italiano, sapato social, gravata também italiana e óculos escuros. Mesmo aos domingos não dispensava o estilo.

Nicola entrou em campo e procurou o pai nas laterais.

Não conseguia localizá-lo.

O jogo ia começar a qualquer momento:

– Onde está meu pai? – perguntou para o juiz.

– Ele morreu – disse o juiz.

Nicola deu um pulo na cama.

A chuva e o vento batiam com muita violência na janela.

Era uma tempestade de outono, um aviso do que seria o inverno em Hove.

O quarto foi iluminado pelos relâmpagos.

Foi necessário viver na Inglaterra para saber o significado preciso da expressão "quarto iluminado pelos relâmpagos".

O dormitório havia se clareado repentinamente, como se um holofote tivesse sido aceso ali dentro. Um holofote desses grandes, de guerra, que servem para localizar o inimigo no céu escuro.

No canto, sobre a cadeira, ele viu o pai.

3

Virou-se.

Esfregou os olhos.

Esfregou outra vez.

Esfregou. Esfregou e esfregou.

Era mesmo o pai.

O terno claro, a gravata, o sapato recém-engraxado.

O pai olhava para ele. Com afeto.

Nicola deitou-se, mais calmo.

Virou o rosto para o lugar de onde vinham os relâmpagos, os trovões e a tempestade.

Tremia de frio.

Puxou o cobertor.

– Meu pai morreu – disse, com tristeza, compreendendo só naquele momento que não teria mais a companhia do pai. Nunca mais. O pai tinha-se ido.

Enfiou o rosto no travesseiro e conseguiu chorar. Finalmente, depois de meses.

As lágrimas escorriam quentes sobre a fronha. Sentia o corpo sacudir com os soluços.

O choro durou muito tempo, mas não tanto quanto a tempestade, que varou a noite.

Ainda chovia e ventava forte, às 6h30, quando ele se levantou para ir trabalhar.

4

Olhos vermelhos, a barba crescendo, Nicola enfrentava nova metamorfose. Virava homem agora. Deixava o pêlo crescer, tomar-lhe as pernas, as axilas, o rosto.

Vestiu a t-shirt branca, o jeans, as meias de desenho escocês, a bota inglesa de solado de borracha reforçado, o casaco de couro e a touca preta de lã.

Saiu para o trabalho pisando nas poças de água.

O vento batia com força no rosto.

Era uma sensação agradável, de alma lavada.

5

Caminhando pela chuva, Nicola sentiu-se forte e seguro.

Quando chegasse ao hotel, tiraria o blusão de couro e o penduraria no gancho atrás da porta da cozinha. Cumprimentaria a senhora Parkinson, que estaria preparando o café da manhã dos hóspedes.

Nicola comeria ovo frito, feijão com molho de tomate, tomate pelado frito, torradas, sucrilhos e chá preto, muito chá.

Depois de tomar o café reforçado, ajudaria a senhora Parkinson na cozinha e subiria para o terceiro e último andar do Tavistock, onde teria início a operação top to bottom, *comandada pelo soldado veterano, mr. Parkinson.*

– Taepi tã bãttã, Nichôl!

– Yes, mr. Parkinson, yes!

6

Quando estivesse contando essa história, certamente seria interrompido no melhor da narrativa pelo zelador do hotel da montanha, que invadiria o quarto acompanhado por um encanador de aspecto sombrio. Os dois tentariam por várias horas arrumar a válvula de descarga até descobrir que o problema não era a válvula, mas a bóia.

Enquanto os dois estivessem mastigando ofensas mútuas no banheiro, ele ficaria na janela observando as cabras sob a sombra das mangueiras, mastigando os frutos maduros que teriam despencado.

Sentiria o cheiro forte das frutas entrar pelo quarto e aspiraria a tarde de verão.

Uma tarde assim não poderia ser estragada por uma bóia defeituosa.

7

De volta à Inglaterra.

Tarde de sábado.

Vento frio.

O mar, pouco amistoso, respingava na praia de pedras de Hove.

Uma ou outra silhueta corajosa se destacava em pontos diversos da calçada ampla.

Eram quatro horas da tarde e já estava escurecendo.

Tarde sombria.

Nicola viu uma movimentação no banheiro público. Um entra-e-sai, com jeito de pegação.

Entrou.

Ia tirar o atraso.

O lugar não cheirava como um balcão de amostras de sabonete. Para ser sincero, era um odor particularmente repulsivo de urina velha.

Pouco iluminado, o banheiro registrava uma movimentação curiosa de tipos corpulentos. Alguns usavam só camiseta para deixar à mostra as tatuagens, gravadas sobre músculos de estivador.

Nenhum deles se parecia com o estereótipo gay.

Eram trabalhadores em busca de um sexo rápido, uma chupetinha, uma punheta, algo ligeiro e sem compromisso.

Nicola sentiu-se indisposto. O cheiro era muito forte e os tipos não lembravam alguém com quem ele gostaria de compartilhar uma cama.

Um rapaz loiro, de camiseta, com o cabelo cortado com máquina um, resolveu acender o detonador. Agarrou o pau de um baixinho bigodudo e começou a masturbá-lo. Outro veio por trás, encoxando o loirinho. Mais três se agregaram ao bloco. O loirinho sumia sob uma massa de músculos e membros.

Alguém abaixou a calça do loirinho, que já estava com a cabeça tombada, a boca engolindo o pau do baixinho bigodudo. O loirinho usava as mãos para masturbar outros dois tipos. O quarto, uma figura com jeito de boxeador aposentado, tirou o pau para fora. Cuspiu na pica e enfiou-a no traseiro do loirinho.

Nicola viu outro casal se beijando no banheiro e mais gente se aproximando do bloco principal.

O boxeador foi e voltou umas dez vezes.

Deu uns tapas gostosos na bunda do loirinho e gozou rapidamente.

Recolheu o pau. Fechou a braguilha e saiu do banheiro.

No máximo, trinta segundos de ação.

Outro boxeador assumiu o lugar na fila e também enrabou o loirinho.

Se Nicola olhasse bem, veria sob o bloco uma boca, que pertencia a um rosto indefinido, chupando o pau do loirinho.

Nenhum deles usava preservativo.

Nicola ficou arrepiado com a imprudência.

Aquilo era uma roleta-russa idiota.

Sentiu uma sombra se aproximar por trás dele.

Antes que cedesse à tentação, pulou fora.

Fugiu do banheiro.

Na porta, trombou com um bobbie, *que é como os ingleses chamam aquele guarda de chapéu ridículo.*

O bobbie *teria trabalho naquele banheiro. Era bom pedir reforços.*

8

Por mais que tentasse, Nicola não conseguia arrumar companhia.

A solidão, às vezes, o deixava com a impressão de que estava enlouquecendo. Falava sozinho no quarto. Ria. Tinha crises de choro. Pensava em se matar.

Passava horas imaginando formas não tão doloridas de cometer suicídio. O melhor que conseguia era a idéia de se jogar sob um trem em alta velocidade.

Depois que chegava da universidade, preparava o jantar e de vez em quando recebia a visita da punk vizinha.

Era uma garota sombria, que se vestia como se estivesse nos anos 30 num dia, no outro, desembarcava no final do séc. XXII com roupas transparentes, adesivos de couro, botas extravagantes e maquiagem carregada.

Ela própria era a sua principal obra de arte.

Chamava-se Grace. Não trabalhava, nem estudava. Era uma parasita. Vivia com o salário desemprego e se alimentava das coisas que roubava da geladeira comunitária, preenchida por ele.

Nicola tentava fazê-la entender que não era justo só ele comprar provisões.

– Você também tem que ajudar, Grace – pedia.

Ela concordava. Dizia que compraria várias coisas gostosas, que ela mesma prepararia e deixaria para ele comer.

– São pratos ingleses, tradicionais. Você vai gostar.

Nicola nunca viu aqueles pratos, nem a sombra deles. Grace continuou roubando comida e comendo às escondidas à noite, de madrugada, enquanto ele dormia. Para complicar, Grace, que era bonitinha, parecia uma boneca de cabelo negro e franjinha, grandes olhos escuros, não dava descarga no banheiro, também comunitário. Nicola era recepcionado, toda vez que ia ao WC, com um troço de quinze ou vinte centímetros, boiando descaradamente na privada.

Nicola queixou-se com o proprietário, um inglês quarentão, simpático, sempre às voltas com uma picape, na qual transportava sofás, tvs e penduricalhos de um apartamento para outro.

Bob, que era como se chamava o proprietário, não pensou duas vezes. Pegou a minigeladeira nos braços e a colocou no apartamento de Nicola.

– Quero ver essa vaca comer agora – disparou.

Nicola aproveitou a deixa e descarregou um pouco mais de veneno na mistura.

– Ela precisa aprender também a dar descarga no banheiro.

– Não brinca... – ele disse, com um sorriso de incredulidade.

– Sério. Todo dia topo com um troço gigante, boiando na privada.

– Mas que cadela! – indignava-se Bob.

"Põe cadela nisso", pensava Nicola.

9

Pode ter sido coincidência ou não, o fato é que Grace ficou uma fera quando viu que a geladeira havia desaparecido.

– Onde está? – ela perguntou, apontando para o espaço vazio onde deveria estar a geladeira.

Nicola jantava tranqüilamente na cozinha comunitária. Comia ovos fritos, presunto, feijão com molho de tomate e torradas com manteiga. E chá, muito chá. Um chá preto, indiano, delicioso.

– Bob pôs no meu quarto.

– Por quê?

– Não sei. Pergunta pra ele.

– Filho da puta! – ela deu um soco na mesa e saiu da cozinha.

No quarto, onde ela pegava algumas coisas para sair, caíam objetos diversos, que trincavam e explodiam no chão. Nicola prestou atenção e pôde ouvir algumas imprecações contra os "malditos estrangeiros" que vinham de "um cu do mundo qualquer" emporcalhar a bela Inglaterra.

10

Grace sumiu de circulação por uns tempos.

Nicola não a via na cozinha nem nas áreas comuns do prédio.

No sábado, quando acertava o pagamento semanal do aluguel, Bob deu a notícia, em forma de pergunta:

– A cadela parou de cagar?

– Parou. Não a tenho visto. O que houve?

– A cadela está no hospital. Foi operada.

– Como, operada?

Os dois estavam na entrada do prédio. Nicola entregou o dinheiro com um olhar de assombro. Bob recolheu as notas. Contou e prosseguiu:

– A puta engoliu uma escova de dentes. Tentou se matar, engolindo a escova.

Bob guardou o dinheiro e concluiu:

– Os caras abriram a barriga dela. Tiraram a escova e ela já está boa. Pronta para me pagar os três meses de aluguéis atrasados.

Bob entrou na picape e se despediu com um aceno.

Nicola recolheu a garrafa de leite e, com um exemplar do The Guardian *debaixo do braço, entrou no prédio.*

Subiu as escadas, tentando compreender como uma pessoa conseguiria engolir uma escova de dentes.

No banheiro, diante do espelho, tentou colocar a ponta da escova dentro da boca, mas o máximo que conseguiu foi sentir uma náusea incontrolável.

"É impossível", concluiu.

Entrou no quarto. Ligou a tv. A BBC 1 transmitia um torneio de tênis.

Desistiu de se suicidar. Pelo menos, com uma escova de dentes.

"Talvez o trem ainda seja a solução mais eficaz", imaginou, vendo com horror seus restos espalhados pela linha.

"Não", decidiu-se. "Daria muito trabalho para os limpadores de trilhos e para o pessoal do necrotério"

Em vez de se matar, Nicola decidiu que estava na hora de fazer sexo.

Sonhava que transava com homens. Mas um outro sonho o perseguia.

Sua nova metamorfose admitia sonhos hetero. Transava com uma mulher sem rosto. Era a confirmação do lado homossexual de Nicole.

11

Conheceu Serena em uma cabine telefônica.

Nicola entrou na cabine vermelha tradicional. Fechou a portinha e viu no alto, sobre o telefone preto, o cartão com as botas, o chicote e o anúncio:

"Rainha procura escravos. Ligue já! Wanda"

Não cumpriu as ordens da rainha Wanda de imediato. Ligou primeiro para o Brasil. Falou com a mamma que começou a chorar e não completava as frases:

– O seu... seu... pai... fi... ficaria... or... orgulhoso de...

Mamma achava talvez que a Inglaterra só poderia ser atingida por caravelas guiadas por um médium que tivesse recebido o espírito de sir Francis Drake e não um país distante apenas doze horas de avião. Para ela, Nicola era um herói de magnitude grega por estar vivendo fazia quase um ano em um país estrangeiro.

Depois da choradeira, ela fez algumas cobranças, é claro. Precisava de dinheiro, para pagar os impostos, as contas, reformar a casa, "que está podre e caindo aos pedaços" e aproveitou para criticar o velho:

– Seu pai nunca ligou para essas coisas mesmo.

O cartão de ligações felizmente estava se esgotando e Nicola encerrou a conversa com "um beijo e um abraço, saudades", irritado com a falta de assunto que temperava suas relações com a mãe.

O telefonema seguinte foi para a rainha Wanda, que se chamava na realidade Serena, como Nicola descobriu no primeiro encontro. Serena era brasileira e estava ganhando a vida em Hove com uma atividade extremamente lucrativa: realizava fantasias secretas. Seus clientes eram homens, geralmente com mais de trinta anos, com um desejo comum: sentir os prazeres que Sacher-Masoch tão bem havia relatado em A Vênus das peles.

O apartamento onde Serena atendia a clientela era amplo, mal iluminado, à prova de som, decorado com um sem-número de correntes, algemas, rodas, cruz-de-santo-andré, travessões, chicotes, lingerie, roupas de couro e peças medievais, como um prendedor de cabeças e mãos semelhante aos usados na época da escravidão. No tronco, a vítima tinha suas mãos e a cabeça presos em orifícios de madeira. Com o cliente imobilizado, a dominadora ficava à vontade para infligir os mais duros castigos.

Era um apartamento de choro e rilhar de dentes, onde as pessoas se entregavam com prazer a essa matança simbólica. Um açougue psicanalítico.

Serena era alta, usava o cabelo curto, aparado com exagero e pintado de branco-punk. Tinha vários brincos na orelha. Trajava roupas atraentes, elegantes de couro preto, botas de salto altíssimo e, na rua, dava idéia mesmo de uma soberana.

Não tinha amigos, nem cafetão. Era uma solitária. Uma livre-atiradora, "trabalhando por conta", como ela dizia na intimidade, despida da fantasia e do porte de rainha.

O donjon *– o templo onde reinava a rainha sadomasô – tinha sido montado em Hove.*

12

A história de Serena era curiosa. O ex-marido era um empresário inglês que a conhecera num baile de carnaval em São Paulo. Os dois tinham saído do baile direto para a cama e da cama para Londres, onde tinham vivido cinco anos.

Nesse tempo, Phillip – o nome do bofe – apresentara a Serena seus devaneios sexuais.

Depois que o amor acabara, Serena mudara-se de Londres. Trabalhara algum tempo em empregos medíocres em Brighton até que se decidira a ganhar dinheiro com aquilo que os franceses chamam de "educação inglesa".

Serena fazia coisas que outras profissionais recusavam, como defecar e urinar na boca de clientes. Nunca tinha relações. Os escravos faziam o serviço doméstico no donjon *e a mimavam com presentes.*

O mundo de Serena tinha um pé na realidade e outro na fantasia. Mais na fantasia, talvez.

Do Brasil, havia sobrado o diploma em direito, a família que não fazia idéia de seu real trabalho, um ex-noivo e as saudades dos verões nas praias.

– Não pretendo voltar tão cedo – dizia.

O primeiro encontro entre Nicola e Serena foi tenso. Nicola ficou apavorado no donjon, *achando que não ia sair com vida daquele auto-encarceramento.*

Os dois se entenderam em um inglês sofrível. Nicola percebeu que ela era brasileira no instante em que a porta foi aberta. Não por qualquer particularidade mística, além do desenho do rosto e da cor mais para morena da pele, mas por causa de Gilberto Gil que gritava no cd: "Eu sou punk da periferia, sou da Freguesia do Ó! Ó!"

Era muito estranho marcar encontro com uma puta a doze mil quilômetros de distância do Brasil e encontrar uma compatriota ouvindo um cantor baiano em um donjon *europeu sofisticado.*

13

Serena pendurou Nicola na cruz-de-santo-andré, em forma de xis. Aplicou vários golpes com pelo menos três tipos de chicote no corpo nu e indefeso. Inverteu a cruz, deixando o escravo de ponta cabeça.

Enquanto via as botas brilhantes da dominadora, Nicola pensava:

"Péssima maneira de perder cem libras."

Era caro, mas comparado com outras profissionais que cobravam até trezentas libras por hora até que não era um mau negócio, se ele conseguisse gozar.

Nicola tinha se transformado em um homem rico. Devia ter economizado quase três mil libras do dinheiro que havia tra-

zido do Brasil. Com seu trabalho no hotel e em trabalhos noturnos para Bob, que o chamava para transportar cacarecos e tralhas, havia ganho mais umas seiscentas libras.

Podia se dar a esse luxo de ficar ali, pendurado, apanhando de chicote, se bem que o resultado, até então, fosse irrisório.

Nada!

Não sentia o menor tesão.

Estava apavorado.

– É melhor tentar outra coisa – sugeriu com seu inglês precário, tremendo de frio e medo.

Serena tirou-o da cruz.

– O que você quer fazer? – ela perguntou em português.

Nicola, surpreso com a troca de idioma, balançou os ombros.

Sentiu-se frágil.

Ajoelhou-se e abraçou-a pelas pernas.

– Eu queria beijar seus pés – pediu.

Serena sentou-se na cama e mandou que ele lhe tirasse as botas.

Nicola obedeceu.

– Lambe – ela ordenou.

Nicola obedeceu outra vez, com prazer.

14

Foi o último encontro profissional entre os dois. Serena e Nicola voltaram a se rever casualmente no supermercado um dia pela manhã. Almoçaram juntos e passaram a se encontrar quase diariamente, à noite, quando Serena retornava para seu apartamento em Brighton.

Eram encontros sociais.

Agasalho de moleton da Adidas, meias grossas, Serena entregava a xícara de chá a Nicola e sentava-se ao lado dele no sofá modesto do apartamento onde ela vivia. O apartamento ficava em outra cidade, apesar de Brighton e Hove serem geminadas.

Batiam papo.

Falavam de seus projetos, sonhos e temores.

Serena tinha muita necessidade de conversar com pessoas que não fossem clientes. Sentia-se sufocada em seu donjon. *Depois de uma sessão difícil, quando o cliente demorava para gozar e suplicava para o tormento ser aumentado em doses crescentes, Serena terminava o programa e dava uma volta pela praia para respirar ar puro.*

Eram difíceis particularmente as sessões em que ela tinha que defecar e urinar em bocas suplicantes.

O outro lado do negócio era o prazer.

Serena gostava do que fazia.

– Sou a pessoa menos estressada do mundo – dizia e ria muito em seguida.

Os clientes tímidos escreviam cartas para ela com solicitações diversas, algumas bastante comuns, como o desejo de se travestir e ser possuído por trás.

Outros queriam ser empregadinhas ou bebês, e havia um grupo grande de coprofágicos.

A maioria, no entanto, se contentava em experimentar os artefatos do donjon *e gozava na décima chicotada.*

Os clientes eram discretos. Serena idem. Por enquanto, não houvera problemas com a polícia nem com os vizinhos. Os escravos, dóceis, se contentavam com humilhações simples e não perpetravam escândalos quando imploravam pela punição merecida.

Entre as duas Serenas – a do donjon *e a do apartamento de Brighton –, Nicola preferia a do apartamento, que era mais real e interessante que a personagem clichê.*

– Posso te perguntar uma coisa? – disse Serena, enquanto eles tomavam chá numa noite chuvosa, fria, coberta de fog.

– Claro.

– Você é bicha?

Nicola não sabia o que responder. Será que com essa pergunta ela estava baixando a guarda e pedindo para ser assediada? Ou se tratava apenas de uma dúvida comum entre amigos?

Nicola decidiu contar o que acontecera entre ele e Bárbara; entre ele e Vítor, a descoberta de Nicole. Falou da ex-mulher e das perguntas sem resposta.

Serena fez confissões também.

Contou que sua primeira relação tinha sido "muito tarde", aos 22 anos, com o ex-noivo.

Ela não gostava do rapaz, mas tinha continuado a namorar por insegurança, por achar que jamais conseguiria atrair outro homem. Sentia-se feia, tímida e nunca sabia se a roupa que escolhera era a ideal.

Com Phillip, as coisas mudaram.

Ganhou confiança. Descobriu a sexualidade e a válvula sadomasoquista, pela qual ela mantinha sob controle pulsões mais perigosas e que, até então, tinham se voltado contra ela.

– Eu era viciada em remédios. Tomava dezenas de caixas por mês – recordou.

Quando se mudara para a Inglaterra, transformara o corte de cabelo. Fizera piercing nos seios, no umbigo e na vagina. Viajara pela Europa de carona e de bicicleta. Freqüentara museus, bibliotecas, praias de nudistas, encontros SM, cursos inúteis e úteis de férias. Se tornara vegetariana e ecologista radical.

Phillip a esculpira. Erguera-a como se levanta um monumento. Em detalhes.

– A gente ainda se vê, mas muito raramente. O encanto acabou – ela acentuou, enquanto empurrava a xícara de chá para longe sobre a mesa riscada por círculos gravados na madeira, recordações da ação do calor de inúmeras xícaras de chá fumegante.

Eles se despediram com um beijo fraternal na boca.

Voltaram a se ver no dia seguinte, em um restaurante chinês. Eram oito horas mas a noite ainda estava clara. O verão vinha chegando.

– Eu me lembro do verão do ano passado – disse Serena, com ar brincalhão – caiu no dia 22 de agosto.

Riu com prazer.

Era uma piada antiga que os próprios ingleses faziam a respei-

to de seu clima terrível. A outra piada mais freqüente dizia respeito à culinária, movida principalmente a batata, batata e batata.

Todos os dias pela manhã, mr. Parkinson cumprimentava Nicola com a mesma saudação.

– Bom dia, Nichôl. Está fazendo uma droga de tempo, não é?

Nicola gostava da chuva constante, do frio agradável e discordava:

– Hoje melhorou um pouco, mr. Parkinson. Ontem estava pior.

– Droga de tempo! Bloody weather! *– era a resposta malhumorada.*

15

No restaurante chinês, olhava para Serena com prazer. O cabelo curto dava-lhe um ar soberano de rainha fin de siècle, *monarca punk.*

A minissaia preta parecia ter sido costurada no corpo.

As unhas, a maquiagem em volta dos olhos também pretos tornavam Serena um ser exótico, mas quase comum naquele país de malucos, como diriam aqueles dois coveiros de Shakespeare.

O casaco de inverno estava pendurado na entrada do restaurante.

Era quase verão, mas o frio não facilitava. Nas ruas, o vento gelado cortava a carne do corpo em fatias finas, muito finas.

– Está um dia azul e frio, capitão.

Nicola comeu frango xadrez e arroz com ovo e legumes. Serena foi de chopsuey *de legumes. De sobremesa, maçã caramelada.*

Beberam dois copos de um ruge francês e a refeição saiu por meros sete pounds *e 95 por cabeça.*

Lá fora, às nove da noite, ainda havia claridade.

Viram o mar brilhante no final da descida da rua.

Abraçados por causa do vento frio, deram uma volta pela praia.

No píer, os turistas e as bugigangas de sempre: nariz de palhaço, óculos ridículos, réplicas de mau gosto do Big Ben e outras inutilidades nas barracas de souvenirs.

Próximo ao píer ficava o minigolfe.

Nicola e Serena queriam jogar, mas o lugar já estava fechado.

Decidiram parar em um pub. Entraram no Kings Head.

Pediram cerveja no balcão, recolheram os copos cheios até a boca e sentaram-se em um dos sofás de couro escurecido.

Era bom estar ali com Serena, apesar da cerveja quente. Sentiu aquela sensação suave de estar sonhando.

– Por que você está com essa cara? – ela perguntou.

– Que cara?

– Essa. De bobo.

– Parece que é um... sonho. Estar aqui... Com você.

Serena sorriu e disse:

– Bobo, bobinho.

Ela procurou sua boca e o beijou.

Nicola correspondeu.

Tomaram a cerveja em silêncio e foram embora.

Nicola a levou até o apartamento, mas não entrou.

Despediram-se com outro beijo na boca.

Sozinho, de volta para casa, depois de uma longa corrida, Nicola sentiu o cheiro da grama dos jardins, aspirou profundamente o sabor das árvores de framboesa em volta das quadras públicas de tênis e percebeu que estava feliz com sua trajetória.

Quando chegou na viela estreita que cortava caminho e levava até seu apartamento, correu e só parou quando sentiu que estava a salvo.

O assaltante imaginário que poderia estar oculto na viela não aparecera desta vez.

Nicola continuou correndo e, quando chegou ao prédio onde vivia, deu um salto e um soco no ar, como Pelé quando comemorava seus gols.

16

Saltou da cama.

Era madrugada.

O corpo molhado de suor.

Vinha acordando todas as noites, quase na mesma hora, entre três e meia e quatro horas da manhã.

Por quê?

Ergueu-se com dificuldade.

Tateou o escuro.

– Quem eu sou? – perguntou para o fantasma que se mexia por trás da cortina de tecido ordinário, provocando ondulações. – Sou brasileiro? Homem? Mulher?

Abriu a geladeira.

Tirou uma garrafa de água Evian.

Abriu o lacre.

Levou à boca. Sentiu a água escorrer agradavelmente pelos cantos dos lábios, cair pelo queixo.

Iluminado pela luz da minigeladeira, Nicola sorriu.

Compreendeu porque acordava sempre na mesma hora.

"O telefonema... Ele continua me despertando..."

Constatou, voltando a sentir a perda, o choque, o impacto da morte, da separação definitiva.

Voltou para a cama, mas não dormiu.

Às cinco horas, levantou.

Fez a barba. Tomou uma ducha.

O chuveiro funcionava com moedas de 25 pence.

A tv funcionava com moedas.

O aquecedor idem.

Eram eletrodomésticos caça-níqueis.

Deitou-se novamente e dormiu.

Sonhou com Serena.

Fazia amor com ela.

Beijava seus seios, as pernas e montava sobre ela.

Enfiava, enquanto as pernas macias se enrolavam em volta dele.

Metia e tirava.

Beijava Serena na boca.

Ia gozar...

Acordou.

O pau duro.

Precisava ir ao banheiro.

Eram seis horas.

Em sessenta minutos devia estar recomposto e inteiro diante do hotel Tavistock.

Lavou o rosto e mirou-se no reflexo.

"Estou voltando a ser homem", concluiu.

Pôs a t-shirt. Os músculos, fortalecidos pelo trabalho braçal, incharam as mangas. Entrou na cueca, na calça jeans. A meia de desenho escocês estava gasta no calcanhar. A bota resistia. Belo calçado inglês. Colocou o casaco de couro e saiu para o serviço.

Era um trabalhador braçal, mas tinha dignidade.

17

O tempo, para a felicidade de mr. Parkinson, estava deslumbrante. Céu azul clarinho. Sol e uma brisa agradável, que se arrastava lentamente do mar.

Mr. e mrs. Parkinson estavam na porta do hotel Tavistock.

Jogavam água nas flores coloridas da entrada do hotel. Sorriam, felizes.

– Nichôl! – gritou mr. Parkinson, quando o viu. – Belo dia, hein? Não é só no Brasil que você vê dias assim, não é mesmo? Na Inglaterra também faz sol. Acredite.

– Lindo dia – concordou a senhora Parkinson, com um sorriso ensolarado.

Nicola devolveu o sorriso, concordou com tudo que eles haviam dito e entrou. Pendurou a jaqueta no gancho, atrás da porta da cozinha. Pegou os apetrechos de trabalho e subiu para limpar os quartos.

Sentia vontade de Serena.

18

Berggasse, 19.

Dia nublado, lá fora.

Garoa fina.

A coleção de objetos milenares parecia olhar para ele, em sinal de apoio.

– A humanidade é que tem uma dívida com você, não o contrário – diziam os artefatos.

Sig mantinha-se quieto. O charuto apagado na boca.

Descalço, no divã quase centenário, Nicola retornava àquela cena primordial:

– Não estou sozinho no quarto – conseguiu visualizar, sem o auxílio de ajuda externa, nem de hipnose.

As imagens ficavam mais claras agora.

Era o quarto de dormir.

Na cama, ele brincava com o... pai.

O pai... era então o pai que estava com ele no quarto, na cama.

Olhou para Sig, em busca de um incentivo. Sig devolveu o olhar e acenou com a cabeça para que prosseguisse.

A garoa caía sem pressa sobre o jardim interno que Sig cultivava ao lado do consultório e que podia ser visto e admirado por quem estivesse deitado no divã.

Fechou os olhos.

19

Sexta-feira à tarde.

Não foi à universidade.

Precisava ir a Londres mandar uma ordem de pagamento.

Aproveitou para ver um peep-show *no Soho, gozar na cabine e dar uma volta pelo bairro.*

Retornou para Brighton no final da tarde.

Trem lotado de pessoas que trabalhavam em Londres e viviam em Brighton ou Hove, os commuters. *Todos os dias faziam o percurso de uma hora que ligava o litoral a Londres.*

Chegou em casa, pensando no que iria jantar, quando topou com Serena que o esperava sentadinha nos degraus da entrada do prédio nº 66 da Gloucester Hove.

– Oi – ela disse com o rosto iluminado.

– Oi – respondeu Nicola, dando-lhe um beijo.

Desceram a Gloucester e na rua paralela pararam na lanchonete de fish'n chips.

Compraram saquinhos engordurados de peixe e batata e foram em direção à praia.

O vento continuava gelado.

Pelo menos não chovia.

Comeram as fritas e as postas de cação sentados em um banco verde, virado para o mar.

Longe, avistava-se o píer de Brighton.

– Marquei um cara hoje – ela disse.

– Como assim?

Nicola olhou para os pontos verdes no rosto de Serena.

"Ela tem uma cabeça de princesa do Egito", pensou, observando o rosto afunilado, os olhos milimetricamente repuxados nas extremidades, que formavam um conjunto exótico e sedutor.

Os olhos verdes de Serena voltavam-se para o mar.

"A minha Cleópatra", sonhou.

– Foi uma cerimônia SM – ela começou a dizer.

– Onde foi isso?

– Em um donjon, *perto de Canterbury.*

Nicola enfiou uma batata frita na boca e desviou os olhos para a praia. Um homem com um detector de metais percorria as pedras em busca de sorte e moedas. A claridade do início da noite ajudava a busca.

– Como é essa cerimônia – ele se interessou.

Serena suspirou e fez menção de que não iria estragar a refeição com relatos desnecessários.

– Me conta – ele insistiu. – Quero saber.

Serena mudou de assunto:

– Mandou o dinheiro?

– Mandei.

– Como estava o tempo em Londres?

– Mais quente que aqui. Com sol.

Ficaram uns minutos em silêncio. Depois, ela voltou a falar da cerimônia:

– Reúne-se um grupo de dominadores para fazer o batismo de escravos. Um dos escravos é meu cliente, desde que comecei. Ele insistiu naquilo, queria ser marcado.

Serena respirou profundamente.

– Hoje, ele ganhou a sua marca.

A cerimônia de iniciação tinha acontecido em uma casa de campo, numa adega subterrânea transformada em donjon. Serena marcara o homem com um ferro em brasa. Era uma operação delicada. O ferro devia tocar a carne, deixar a sua marca e ser retirado em segundos, senão a queimadura poderia provocar seqüelas graves na musculatura.

Ela contava em detalhes para Nicola, sentindo-se mais aliviada.

Geralmente, as exigências das práticas SM deixavam Serena extenuada. Nessas horas, ela sentia necessidade de ar fresco, amizade e descontração. Nicola gostava de estar ali, ao lado dela, fazendo o papel de ouvinte.

– Quando tirei o ferro, saiu aquele cheiro forte de carne queimada – lembrou. – O pau dele estava duro, incrivelmente duro. Eu o toquei e ele gozou, gozou, gozou, não parava mais de gozar.

Nicola sentiu ciúmes.

"Bobagem", pensou, "não posso ser assim."

– Meu Deus, como ele gozou.

Nicola amassou o papel vazio, engordurado, e o atirou na lixeira próxima ao banco.

Serena o imitou.

– Você gosta disso? – Nicola perguntou com aquele tom de voz característico do homem que vai a um puteiro, trepa e depois começa a se condoer com os dramas da mulher que ele usou.

– Eu gosto, mas às vezes cansa. Hoje, por exemplo, estou com vontade de largar tudo. Mudar de vida. Fazer alguma coisa mais saudável. Isso de ser rainha, de repetir sempre as mesmas cenas, já está me cansando.

Ergueram-se.

Andavam pelos jardins que beiravam a praia.

– Quero ter um filho – ela disse, – uma menina para eu cuidar, pôr fitinha no cabelo, passar o vestidinho. Sou louca para ter uma menininha.

– E se vier um menino, você vai escravizá-lo?

Serena riu e lhe deu um soco de brincadeira no braço:

– Monstro! Claro que não. Se for menino, quero que ele seja bicha.

Foi a vez de Nicola rir e dizer:

– "Mãe, você me fez homossexual".

– O que é isso?

– É uma inscrição, uma bobagem que a gente lê nas portas dos banheiros públicos – Nicola explicou. – Mas, como se vê, tem um fundo de verdade.

Voltaram para o apartamento de Nicola.

Na cozinha, ele preparava um chá quando Grace deu as caras. A punk estava ótima. Maçãs do rosto rosadas. Ar contente. Jeito saudável.

"O que uma escova de dentes nas tripas não faz pela gente", Nicola pensou.

– Vou mudar – ela anunciou, depois que foi apresentada a Serena. – Bob é um cachorro, um filho da puta.

– Por quê?

– Estava no hospital, morrendo e o puto me cobrou os três meses de aluguel que eu devo pra ele. Foda-se! Não vou pagar mesmo. Filho da puta!

– Quando você vai mudar?

– Hoje. Vêm uns amigos me buscar.

Nicola serviu chá para ela e Serena e depois pôs uma xícara para ele, sem açúcar.

Grace contou detalhes da operação. Mostrou a barriga que, depois da plástica, estava melhor do que antes. Nem uma gordurinha à vista. Só se via um risco, uma pequena incisão por onde os cirurgiões deviam ter extraído a escova.

Cicatrizada e fagueira, Grace despediu-se deles e foi arrumar a mochila

Meia hora mais tarde, veio um grupo de punks góticos que detonaram o que restava do apartamento, levando tudo o que era possível carregar.

Pelo chão, ficaram xícaras contendo restos milenares de café, absorventes íntimos com sangue coagulado, papel higiênico sujo, pedaços de roupas, cacos de vidro, cápsulas de remédio, camisinhas usadas. Grace morava sobre um lixão pós-moderno.

20

Enrolados em edredons, sentados no sofá, ele e Serena viam televisão.

A BBC 1 ia exibir um filme antigo, em preto e branco, Casablanca.

Enquanto esperavam por Humphrey Bogart e Ingrid Bergman, batiam papo e tomavam chá.

– Você nunca fala da universidade, como são os colegas, os professores, a comida... – Serena cobrou.

Nicola engoliu um gole do chá e tentou explicar o que via no campus.

– A cada dia tem um grupo diferente recolhendo abaixo-assinados. Tem o pessoal das baleias, os antimonarquistas, os pró-IRA (Exército Republicano Irlandês), sem falar dos neonazistas, os punks, os africanos e os muçulmanos.

Nicola tentava encontrar as palavras certas:

– Aquilo não é uma universidade. É um espetáculo cosmo-

polita, com grupos minoritários em busca de reconhecimento e atenção. Uma ONU em escala acadêmica.

Nicola tinha se impressionado com fotos de vivissecção. O pessoal que recolhia assinaturas exibia imagens de animais abertos e vivos. Queriam com isso encontrar adeptos para pressionar as empresas de cosméticos a encerrar as experiências com animais.

Nicola não tinha conseguido tirar os olhos de uma foto que mostrava um gato com os intestinos abertos. Os olhos arregalados dele pediam mais a abreviação do sofrimento do que clemência. Era uma solicitação desesperada por uma breve e rápida extrema-unção.

– Desgraçados – disse Serena, que tinha seu lado Brigitte Bardot extremamente aguçado.

Felizmente, começou o filme e Serena se tranqüilizou. Ele já se via correndo atrás de pessoas que usavam casacos de pele e tendo que atirar baldes de sangue em caros casacos de beldades.

"Bela maneira de encerrar a sexta-feira", sorriu intimamente com a idéia de se transformar em militante ecológico noturno.

Casablanca *terminou do mesmo jeito de sempre. A infeliz subia naquele avião idiota, atrás do marido chifrudo, e deixava na pista o amante apaixonado.*

Nicola e Serena choravam, abraçados.

– Não me conformo – dizia Serena. – Por que ela não fica com ele? Nem uma vez na vida eu vou vê-la abandonar o cornudo para ficar com Boggie?

Era mesmo desesperador presenciar Boggie passeando com o amigo francês enquanto os letreiros começavam a subir.

Nicola não conseguia falar de emoção.

Procurou a boca de Serena.

Ela correspondeu.

A tv apagou por falta de novas moedas.

Rolaram para a cama. Felizmente, a cama funcionava sem moedas.

Arrancavam-se as roupas.

Procuravam-se com as mãos, com a boca, com a pele.

– Meu amor, meu amor! – ela dizia.

– A camisinha... – lembrou Nicola – preciso pegar...

– Vem – ela pediu – Põe a tua doença em mim.

Quando já estava dentro dela, novo apelo:

– Me dá... Me dá...

– Vou go...

– Me dá... Me dá tua porra...

Nicola gozou.

Mordeu o travesseiro para não fazer escândalo e acordar a vizinhança, sempre discreta.

Sentiu as unhas dela queimando e penetrando em sua bunda.

– Por que eu? – perguntou, quando recuperou o fôlego.

Serena não respondeu.

Estava dormindo. Ou fingia que dormia.

Naquela noite, Nicola não acordou no horário do telefonema. Nem nas noites seguintes.

Ao tentar dormir, abraçado ao corpo magro de Serena, a cena veio integral.

O flash *estava agora acompanhado do* back.

Faltava só explicar o constrangimento. Algo que aconteceria brevemente no nº 19 da Berggasse, em Viena.

21

Tomaram café da manhã juntos e Serena saiu, em seguida, dizendo que precisava passar no donjon.

Bob veio à tarde para receber o pagamento semanal. Ficou muito nervoso com o estado do apartamento.

– Cadela – dizia, chutando cacos e xícaras ensebados. – Cadela suja!

Nicola ofereceu-se para limpar o apartamento. Bob concordou e devolveu-lhe algumas libras do aluguel para pagar a limpeza.

O resto da tarde Nicola trabalhou no ex-apartamento de

Grace. Dois sacos de lixo cheios até em cima e duas horas mais tarde, o lugar já se mostrava habitável novamente.

Nicola abriu as janelas e deixou entrar a brisa que vinha da praia. Com a cama arrumada, os tapetes e os armários no lugar, o apartamento parecia novo. Bob ficaria feliz na segunda-feira.

Ele tomou banho.

Trocou de roupa.

Tentou ler, mas não conseguiu.

Era um texto difícil de Shakespeare. Na realidade, pensava em outra coisa.

Queria Serena. Precisava vê-la.

Os dias seguintes foram dias de pânico.

Serena fugia dele.

Não adiantava ligar, deixar recado, procurá-la em casa ou no donjon. *Ela se recolhera.*

Quando finalmente conseguiu encontrá-la na rua, Serena se mostrou gelada.

Despediu-se rapidamente e entrou correndo no prédio onde vivia.

Nicola não sabia o que pensar, nem o que dizer.

Estava desesperado.

Novamente, a perda, a separação, o rompimento, a solidão.

No fim de semana seguinte, o correio trouxe uma carta de Serena. A letra, delicada e feminina, pedia desculpas, mas não dava novas esperanças:

22

Brighton, 10 de julho de...

Nicola, querido:

Os dias que passamos juntos estão entre os melhores que vivi aqui na Inglaterra.

Você é uma companhia excelente, um amigo de verdade.

Estou gostando demais de você e isso me deixa insegura.

O que aconteceu foi maravilhoso, mas não me vejo o resto da vida diante da tv, vivendo de forma remediada, sem perspectiva.

Luto pela minha independência financeira e vou conseguir realizar esse sonho.

Quero voltar ao Brasil com muita grana para garantir a velhice dos meus pais – e a minha própria, porque já não sou nenhuma mocinha, voando rápido em direção aos quarenta anos.

O que eu faço é incompatível com o que sinto por você. Espero que você compreenda e não me procure mais.

Um beijo,

Serena.

23

O semestre na universidade tinha chegado ao fim.

Viriam os cursos de férias agora.

Nicola participou de uma festa, promovida pelos professores e colegas do curso de literatura.

Mais um certificado, mais um papel, uma nova linha no currículo.

O trabalho no Tavistock Hotel continuava em ritmo intenso.

Mr. Parkinson passou mal e precisou ser internado. Não, não eram os pedaços de granada na perna. Mas o coração. Algo a ver com entupimentos e pedaços de gordura nas artérias.

Nicola recebia agora os hóspedes, marcava reservas, carregava malas, servia, trocava as camas, fazia a faxina. – Batia escanteio e corria na área para cabecear, ele contou para mr. Parkinson, quando este, já refeito, voltou do hospital.

Mr. Parkinson demorou para entender a tradução desajeitada, mas quando compreendeu riu bastante.

– Nichôl – ele disse, – você é o melhor general help *que esse hotel já teve, desde a sua fundação há quarenta anos.*

Pego de surpresa pelo elogio, Nicola deu um abraço em mr. Parkinson e foi embora.

Na rua, virou-se para o mar e decidiu passar o resto do dia na praia.

Os dias em Hove estavam chegando ao fim.

Era hora de mudar.

4

O texto era interrompido aí.

Helena, passado o choque, tinha procurado esquecer o arquivo *Ele (a).*

A reação da mulher do professor N.A. lembrava aqueles casos de amnésia coletiva, quando uma rua inteira, um bairro, uma cidade simplesmente esquecem; esquecem como aquele casal de velhos italianos tinha um filho deficiente mental, e depois de vinte anos se descobre que o infeliz viveu toda a vida acorrentado no porão. *Fait divers.* O arquivo precisava ser isolado, mantido a distância.

Helena reafirmava sua disposição amnésica levando as crianças para a escola, dando suas aulas, trabalhando em jornada dupla, tripla. A mulher do professor sentia-se incomodada com novidades, com novas possibilidades. Preferia o conhecido, o rotineiro, a segurança do habitual.

Entre uma passagem para Nova York, com direito a uma semana de hotel grátis e ingressos para o show mais comentado da Broadway, e uma partida de cartas com a mãe e a sogra no sábado à noite, a mulher do professor N.A. ficaria com a segunda opção.

Helena queria paz e a tranqüilidade da rotina diária, dos diálogos pensados, das ações calculadas. Uma situação como a que se apresentava seria sem precedentes. A discussão poderia degenerar em porta de delegacia, agressões, separação.

O que Helena faria? Pediria divórcio? Faria as malas e fugiria com as crianças para uma cidade interiorana?

Helena sentia a tempestade se formando atrás da montanha. Ao mesmo tempo, achava que um confronto não ajudaria em nada. Precisava se aproximar do marido, dialogar, conversar, confessar. Mas como?

Eles tinham criado um muro divisório. Havia entre eles uma tela protetora, dessas que permite ficar perto da natureza e não deixa os bichos morder. Como desfazer a família por causa de um arquivo? O mais fácil seria incendiar o computador, aquele inimigo recente.

Depois de muitos dias pensando, tramando, articulando, Helena percebeu que não tomaria qualquer atitude. Era inútil fazer uma cena por causa de algo escrito em uma tela. Precisava esquecer e esperar. A iniciativa deveria vir dele. Ela manteria as aparências, porque era isso que as pessoas saudáveis faziam. Os radicais acabavam dispersos, destruídos, arrependidos.

Não havia nenhum paralelo possível, mas sempre que sentia vontade de desorganizar sua vida, Helena lembrava-se de Chê Guevara, o guerrilheiro que morrera combatendo pelos pobres, sem que os pobres soubessem que havia um guerrilheiro combatendo por eles. "Pobre, Chê", pensava Helena, entendendo que o mundo era impiedoso com os que se moviam, com os que buscavam. Ela se conformava com a própria omissão, e a história trágica de Chê funcionava para ela como um álibi. Nas aulas, costumava contar a vida de Chê e encerrar a pregação com uma frase que um soldado havia lhe dito, quando ela fora presa em uma manifestação, na época da ditadura militar: – Você é uma dessas pessoas que faz um bem danado para a humanidade e um mal terrível para si própria.

Depois que perdeu o interesse pelo arquivo *Ele (a)*, Helena pôde voltar às salas de bate-papo onde assumia vários papéis (sem nenhuma culpa), principalmente o da ousada Ventania.

Outras vezes entrava em salas de casais, de gays, de encontros. Passava por homem. Assinava Ronaldão e se descrevia como "um cara sarado". Mas era como se fosse outra pessoa. Atriz de peça de teatro. Não deixava marcas.

Os dias seguintes revelaram-se intensos para o professor, seu incomum relacionamento com o arquivo *Ele(a)* e com aquela mulher que se anunciava como fator perturbador.

– Fui me meter com uma vagabunda – queixava-se às vezes em voz alta o professor, como se estivesse se referindo a uma mulher de existência real que tivesse com ele uma relação extraconjugal.

Enquanto dirigia, o professor observava os homens nos carros ao lado e tentava entender como era possível alguém se interessar por corpos tão sem atrativo.

"Aquele motorista de ônibus, por exemplo", pensava o professor, "camisa aberta, medalhão dourado no peito cabeludo, cabelo desalinhado e barba por fazer... Que homem horroroso... Como uma mulher poderia querer se entregar a um ser dessa natureza?" questionava o professor, incomodado com os homens de aparência agressiva. "São machos. São exibicionistas da própria masculinidade. São horríveis", concluía, imaginando o que faria se fosse mulher, tateando entre aquela fauna tão abundante e pouco seletiva.

O professor N.A. chegara ao fim do arquivo. O texto incompleto o incomodava. O professor era um homem meticuloso que tinha o mérito de sempre concluir o que havia começado. Com o arquivo *Ele(a)* não seria diferente. Ele certamente colocaria um ponto final no relato.

Veio a semana de feriado prolongado. A mulher, a sogra, a mãe e os filhos do professor usaram o outro carro para fugir para a praia, aproveitando os dias sem aula longe daquela cidade suja e malcheirosa.

– Se todos pudessem, não ficaria mais ninguém por aqui – reclamava a sogra, insatisfeita com a qualidade da vida precária na metrópole encardida.

O professor restou sozinho em casa para concluir um artigo, encomendado por uma publicação francesa. Depois iria se juntar "à turba", como dizia com seu proverbial bom humor familiar.

O artigo foi escrito sem problemas e enviado por *e-mail*. Pouco depois, a revista mandou a resposta, informando que havia recebido o texto encomendado.

O professor estava livre para se juntar aos seus e entrar na longa e quilométrica fila que se espalhava por igual pelas rotas de fuga.

Mas não procedeu dessa forma.

Ao telefonema da mulher que o convocava da praia, o professor respondeu mentindo, dizendo que não, que o artigo ainda não fora concluído, que era uma questão de horas... – Talvez amanhã –, rementiu.

Na praia, cuidando das crianças, indo se esconder do sol no conforto do ar-condicionado do apartamento, incomodada com a areia, impaciente demais para prestar atenção em um livro, a mulher do professor imaginava se ele estaria terminando o arquivo. Depois, balançava a cabeça, afastava a idéia, afastava o arquivo de suas preocupações e prestava atenção nas cartas, no jogo que travava com as crianças.

Se uma câmara secreta acompanhasse o professor naquela tarde, registraria imagens comprometedoras, que certamente deixariam sua família, alunos e amigos acadêmicos boquiabertos. Aqueles de sua esfera de relacionamento ficariam com o queixo caído, os olhos esgazeados, como um caipira que fosse atender a porta e desse de cara com um saci sorridente vendendo seguro de vida.

O professor foi visto pela câmara oculta em uma loja de artigos femininos. O professor iria fazer uma surpresa para a mulher? Para a sogra, talvez?

Comprava peças íntimas. Tamanho G. A câmara o flagrou também escolhendo sandálias femininas em uma loja especializada em pés grandes. De cambulhada vieram peruca loira, batom, base, pó, rímel e esmalte para as unhas. Batom e esmalte da "cor do pecado", "vermelhos como de uma prostituta", sonhava o professor obcecado pelo pacote que levava no banco traseiro de seu carro, onde se via também a ponta de uma minissaia preta.

Se a câmara pudesse entrar na casa do professor naquela noite, acompanharia um curioso processo de transformação que a literatura mundial registrou das mais diferentes maneiras, antepondo o médico ao monstro, o conde de maneiras refinadas ao vampiro sugador de almas, a bela à fera e tantos outros exemplares de um agir semelhante, tendo em comum a metamorfose, esse ingrediente fundamental sem o qual a literatura não concretizaria o prato preferido de milhares de leitores.

À meia-noite, quando o professor sentou-se diante de seu micro, já não era mais ele que estava lá, mas uma desconhecida. Uma mulher loira de traços fortes, pernas depiladas e unhas pintadas de vermelho-sangue. A boca, untada, provava o sabor do batom pegajoso.

De calcinha e sutiã pretos, debaixo do vestido curto igualmente preto, sandálias de salto, brincos, pulseiras, adereços nos braços e no pescoço, sem esquecer da tornozeleira, a mulher que havia sido o professor abriu o arquivo *Ele(a)* e começou a escrever...

Ele(a): terceira parte

1

A primeira coisa que chamou sua atenção foi o carro.

Não conseguiria viver naquela cidade sem um carro.

Mesmo assim, quando se tem um, ele não anda. Ou melhor, percorre alguns metros humilhantes para parar novamente em um novo congestionamento.

Estava de volta.

São Paulo City.

Tinha nascido naquele lugar e ainda não se acostumara.

As casas grudadas umas nas outras; as grades; os jardins sacrificados e maquiados que tinham se tornado garagem; os prédios em forma de caixotes sem ambição; as enchentes de verão; os miseráveis a cada metro; ambulantes; o barulho; o desrespeito – o vizinho que parava o carro diante da garagem do outro; o som sempre no último volume; as tvs ligadas no Jornal Nacional*; os ônibus lotados, com gente escorrendo pelas portas e janelas; trens suburbanos sujos, sem lugar para um duende magro; as pastelarias decrépitas; os balcões de fórmica; as cadeiras de plástico; a sujeira nas ruas; os deserdados sob as pontes; os homens-cavalo; as eternas obras da prefeitura, da companhia de água, de luz, de gás; gente malvestida; as chacinas; as filas; as reuniões; as igrejas pentecostais; os bairros destruídos; os buracos; o mau cheiro; os rios mortos; os cadáveres nas ruas; os bichos humanos roendo, metendo e* *defecando sob os viadutos; os ricos imprestáveis; os Jardins, com seus congestionamentos de carros importados; a periferia, aberta como um intestino; as churrascarias lotadas de gente perfumada, servida por garçons de camisa de náilon com a infalível rodela de suor; os* shoppings, *aquelas câmaras estéreis de consumo, a orgia das compras sob proteção, tendo que pagar o preço da asfixia; o horror, o horror...*

Cristo, como era horrível aquela cidade.

Ninguém de bom senso conseguiria se acostumar. Mesmo assim, chegavam, todos os dias, trens lotados com levas de migrantes pobres, que iriam comer o pão cozido no cu do diabo. Para eles, São Paulo City ainda era o sonho possível, permitido, a tentativa final. Para a maioria, o pão tirado do cu do diabo era melhor do que pão nenhum.

– Me sinto como Stephen Dedalus, o personagem principal do romance Ulysses, *de James Joyce, que não consegue se livrar de Dublin – disse para a secretária do diretor da faculdade onde tinha ido procurar emprego.*

A secretária continuou mexendo no computador e respondeu, sem prestar muita atenção ao que dizia:

– Não foi outro cara que escreveu Ulysses?

– Não. Foi Joyce mesmo.

– Não foi um grego?

Ela mexia no computador e não conseguia acertar os comandos.

– Máquina de merda – resmungou.

O diretor abriu a porta e o chamou.

Conversaram.

Acertaram as aulas.

O diretor olhou o relógio.

Ele se levantou.

Novos cumprimentos.

E Nicola saiu da faculdade empregado.

No carro, no trânsito, morrendo de calor, ele balançou a cabeça incrédulo:

– Minha nossa, eu odeio meus alunos – previu, vendo aquelas caras apáticas, o limite burocrático do compromisso com o saber, a preocupação com as notas, o desinteresse... O horror, o horror...

Enquanto tentava alugar um apartamento, hospedou-se na casa da mamma.

– Você se lembra da Carmita? – era sempre assim que as conversas tinham início.

Não, ele não se lembrava.

– Está muito doente. Teve câncer generalizado. Vai morrer a qualquer momento. Fui visitá-la e fiquei com pena ao ver o corpo dela cheio de bolhas que estouravam, saindo um pus amarelado. Um cheiro horroroso.

Ou então:

– Sabe aquela vizinha que batia em você quando era pequeno?

Mais desgraças à vista.

– Coitada. Foi atropelada. Tinha diabetes. A perna ficou com uma ferida enorme que não cicatrizou. Virou gangrena e os médicos cortaram a perna dela fora.

Uma garfada no bife sangrento e novo ataque:

– A outra perna... A perna boa... Também está dando problema. Parece que apareceu gangrena nos dedos. Se não cortar os dedos, vai se espalhar pelo resto do corpo.

Um gole na coca-cola e o ataque final:

– A infeliz vai virar um toquinho.

Sair correndo de lá, em busca de um refúgio.

Na rua, sob o sol, o carro fervendo, preso, imobilizado, em um novo congestionamento.

O pensamento inevitável:

– Ela podia ter morrido no lugar dele.

2

– Estou no quarto, Sig. Devo ter dois ou três anos. Tento sair do berço. Não consigo. O berço é alto. Decido pular fora.

Passo uma perna, mas a outra não alcança. Fico ali, num equilíbrio precário. Oscilando. Posso cair a qualquer momento. Vem alguém e me salva. O coração bate. Percebo que estou vivo e tenho medo de morrer. Ou, o pior: procuro fugir daquele berço-prisão e não me incomodo de morrer, saltando para o vazio. Mas me arrependo no último instante.

– Aquela cena... Você quer, não é, Sig? Aquela... Pois, você vai tê-la. Inteirinha com flash *e com* back*. Como um filme de merda, com protagonistas de merda. Um pai e um filho, brincando na cama.*

– Foi assim, Sig. Eu enfiei o dedo, cheirei e dei para ele cheirar. Viu só, que merda de cena original foi essa? Sem glamour*, sem brilho, sem classe. Uma cena idiota assim deveria ter sido esquecida. Mas não foi, Sig.*

O consultório da Berggasse, 19, em Viena e o próprio Sig haviam desaparecido.

Estava no vespeiro.

Bárbara sobre ele, enfiando-lhe o pau de borracha. – Quem eu sou? – ela rosnagritava no ouvido dele. – Quem eu sou? – exigia dementemente.

– Diz! – ela insistia.

– Puta! – gritava.

– Vadia! – xingava.

Estava na Berggasse, 19, agora.

Sig o ouvia.

– O pai... Você é o pai – dizia Nicola a Sig.

– O que você quer? – Sig queria saber.

– Isso... Assim... – gemia Nicola.

– Assim? Com força? – a voz de Sig vinha de um lugar remoto.

Nicola estava no paraíso: – Assim...

– Mesmo?

– Ai... – uma dor rascante.

– Doeu?

– Hum-hum...

– Foi bom?

– Hum-hum.

– Quer mais? Falta um pouco ainda. Você agüenta? – a voz de Bárbara.

– Mais... Mais...

– Abaixa. Fica de quatro, que nem uma cachorrinha, pronta para receber uma pica. Puta!

Ela bate nas nádegas dele. Alternadamente. A dor sufoca e afaga.

– Quem eu sou, puta? Me diz, quem eu sou?

– O PAI... O PAI... O PAI... O PAI...

– De quem?

– O meu.

– Quanto anos você tem?

– Dois.

O diálogo omitido daquela noite.

Bárbara...

Aquilo tinha saído quente...

De dentro... Do fundo...

Queimava...

Bárbara...

Ficou me martelando anos e anos na cabeça. Sabe por quê, Sig? Porque eu não via o cara que estava comigo. Só agora que ele morreu eu vejo que era ele. E sabe o que ele fez? Não fez nada, Sig. Não me estuprou, não me sacaneou. O cara virou o rosto, é claro. Fez uma expressão de nojo, porque aquilo era mesmo nojento. O que ele não entendeu, Sig, nem eu tinha entendido, era o que havia por trás desse constrangimento, desse dedo cheio de meleca suja, desse mau cheiro, dessa oferta indecorosa, Sig. Por trás desse dedo melecado, malcheiroso, havia o desejo... O meu desejo, Sig. O meu Édipo invertido. Olha que merda de Édipo eu fui arrumar. Um Édipo bicha, virado de cu para cima.

Sig respirou profundamente...

Tirou o charuto apagado da boca.

A missionária agora, na África, lambia crianças cobertas de feridas.

O lado madre Tereza de cada um de nós.

– Para isso, ela não precisava ter atravessado o mar, bastava atravessar a rua.

Lembrava-se de ter perdido o rumo e também Bárbara...

Freud de saias. Psicoterapeuta sexual.

Ela o libertara e ao mesmo tempo o perdera.

A maldição da pirâmide que se abate sobre o arqueólogo.

Bárbara...

Seu nome soa doce agora.

"Obrigado, Bárbara", ele deveria ter dito, ter chorado, ter se aberto...

Mas saíra pela manhã. Rapidamente, como aquele que abandona o bar para não pagar a conta...

Bárbara...

Bárbara...

3

Para esquecer Bárbara, sentia falta de Serena.

Sonhava às vezes com Serena e acordava mal.

Vontade de quebrar as coisas.

Atirar o despertador na porta.

Gritar.

Fazer escândalo.

Queria Serena de volta.

Àquela hora da noite, deveria estar embrulhada em seu agasalho Adidas, com os pés metidos em meias de lã, dormindo feito um sanduíche de edredom.

4

Serena chegou na forma de uma carta e uma foto.

Ela tinha se casado "com um escravo (aquele que eu marquei, lembra?)", estava bem de saúde, bem de grana e tivera uma... filha.

"É sua", escreveu na carta.

Nicola precisou sentar para não cair.

Tombou no sofá.

Olhava para a foto que mostrava Serena e um bebezinho cor-de-rosa sorridente, mãe e filha embrulhadas em roupas de lã.

Ficou feliz por Serena, por tudo ter saído bem no parto, mas ainda não entendia por que ela o tinha escolhido.

A carta ainda esclarecia que ela havia interrompido "os negócios" e agora se limitava a "sessões íntimas, particulares".

O sonho de todo escravo: casar com a rainha adorada.

Moravam em uma casa "classuda", em Ascot.

"A menininha se chama Nicole" ela encerrou a carta.

Uma derradeira e cruel homenagem.

"Tudo o que eu queria era ser pai" – pensou, jogando a carta sobre a mesa da sala, sem saber ainda que providência tomar.

– Não há o que fazer – disse, ao entrar no quarto e começar a se despir.

A puta programou tudo. Me usou. Fiz o papel de inseminador natural – começava a se irritar.

Pensou em escrever uma carta relatando toda a sua indignação, mas mudou de idéia, no banheiro, ao tomar banho.

Deixou a carta para o dia seguinte e acabou não escrevendo.

Serena também não mandou mais notícias.

Parecia que o capítulo Inglaterra tinha se encerrado, mas se enganou.

Uma nova correspondência veio de Hove.

Nada a ver com Serena.

Era a senhora Parkinson, que escrevia uma carta de três páginas curtas, para dizer que o senhor Parkinson tinha morrido de um ataque do coração e que ela vendera o hotel.

Estava vivendo agora com uma irmã, em Hove.

Quando ele voltasse à Inglaterra, era um convidado especial dela etc.

Nicola lembrou-se com carinho do senhor Parkinson, "Nichôl, taepi tã bãtã".

Uma figura. Sentiu saudade e carinho pelo ex-patrão.

5

Hora de rodar a bolsinha.

Buscar o prazer.

A noite é uma criança... sem-vergonha.

Tomar um kir no Rick's.

Conversar com a moçada.

– Gente, não acredito. O cara é ótimo. Só quer saber de me comer, não me enche o saco, não me cobra nada. Gente, ganhei na loteria. – Dizia o cara de camiseta justa de remador, barba vermelha, visual de figurante de quadro do Renoir, sentado na mesa ao lado, para um amigo mais discreto.

Nicola circulava.

Freqüentava os guetos, os points, *os pontos de encontro.*

A incompletude do ser, segundo Lacan, e o faturamento dos bares.

"Um bom tema para mais um artigo do professor Mikelavsky", ponderou Nicola, rodando de carro à noite pela cidade, ouvindo a rádio Cultura FM. Clássicos.

Pouca esperança nas ruas.

Voltava tarde para casa.

Sozinho.

Nicole, morta e sepultada.

Só havia restado Nicola e sua chatice, sua racionalidade, suas perdas, desencantos, relações desfeitas, a sensação de irresponsabilidade.

Nessas horas, a depressão o sufocava.

Pensou em acabar com tudo.

– Vou engolir uma escova de dentes – brincava.

Ligava o cd Horowitz interpretando Chopin.

Mergulhava nos livros. Sobrevivia a mais uma noite em claro.

Na cama, ouvia as últimas palavras da conversa com o professor Mikelavsky:

– Você sabia que Hemingway escreveu um livro, ainda não publicado, onde o personagem principal se deixava ser possuído por uma mulher.

Nicola olhou incrédulo para o professor que entrava no carro, descia o vidro e completava a informação:

– Um editor reuniu o texto e vai publicar. Caiu o último bastião machista da literatura contemporânea. Rá-rá-rá – divertia-se o professor.

Era assombroso.

Nicola ficou chocado demais para esboçar uma reação.

"Até tu, Hemingway", pensou com satisfação, sentindo que o peso do superego projetado por Hemingway tinha desaparecido.

Dificuldade para conciliar no sono.

A aula voltava várias vezes, como um filme enguiçado.

"Até tu, Hemingway", repetia satisfeito, enquanto rolava e rolava sobre mais uma longa noite insone.

6

O carro circula pela cidade na madrugada. Esbarra nas poças da chuva que caiu há pouco. Escorrega devagar pelo cinzento das guias sujas, ânus rasgado.

Resvalar no pecado.

Uma Nicole qualquer de casaco de peles, calcinha, sutiã e sapatos de salto alto. A meia preta, presa por ligas.

O que o seduziu foi a posição em que ela estava: uma das pernas dobrada, com o pé encostado no muro.

Quando era estudante, aprontara no recreio da escola para ser punido e colocado de castigo. O castigo era ficar encostado em um muro áspero, para ser humilhado pelos não-punidos.

Encostou o pé no muro, do mesmo jeito que Nicole Profissional estava fazendo agora. E sentiu a ereção.

Nicole Profissional também teria estado de castigo naquele mesmo muro?

Abrir a porta para a tentação.

Parar num drive-in.

Pedir bebidas.

Ver o lacre da braguilha ser arrancado.

Nicole Profissional ao lado. Seios, maçãs do rosto, bunda – tudo projetado, com gosto de borracha. Mas um atributo inigualável: a consecução do delírio freudiano, a mulher fálica.

"Eu sou o que você sempre imaginou na vida: debaixo da minha calcinha eu tenho vinte centímetros daquilo. Eu sou a solução do mistério. Eu sou o pé da mamãe, o fundo do decote, o meio das pernas, a luz da sombra. Eu sou o strip-tease *bem-sucedido."*

As Nicoles Profissionais estão nas esquinas escuras. De costas, mostrando o traseiro. A calcinha enterrada entre as nádegas. "Profissionais do sexo", dizia a líder de um grupo de travestis. Outras, de frente para o farol: a ereção à venda. A confusão do desejo, a encruzilhada sexual... O fim dos gêneros estanques, irremediáveis. O travesti é um acelerador da multiplicação dos gêneros. Uma pulsão irresistível. A garota que passa no carro lotado de jovens grita: – GOSTOSA!!!!! O travesti de botas de vinil brilhante, biquíni negro e peruca Cleópatra se volta. O carro se afasta. Sorri. Ganhou a noite.

Os travestis têm parentesco com os vampiros. O que move uma ou outra espécie é a sedução e a morte. O vampiro seduz porque precisa do sangue de sua vítima para preservar sua maldição. É um ser maldito porque está no limiar entre os vivos e os mortos. Tecnicamente, está morto, mas continua entre os vivos porque deseja. O ponto alto de sua existência é a aproximação, o ato de seduzir e arrastar sua vítima para um canto escuro, onde vai cravar seus caninos pontiagudos no pescoço de uma garota inocente, virgem talvez. O sangue que escorre é a virgindade perdida, o fim da inocência.

O travesti oferece seu corpo de mulher. Atrai sua vítima oferecendo seios e nádegas opulentos. No meio do percurso, põe para fora seus caninos. E crava seu sexo rígido no ser seduzido. Como o vampiro, também aniquila a inocência da vítima. O travesti está morto, como ser masculino ou feminino. É algo além da divisão de gêneros. Um híbrido sexual. Um ser maldito. Incapaz de gerar uma criança em seu corpo de mulher, dotado de um falo que raramente se comove na presença de um corpo feminino. Tecnicamente, morto como homem e mulher, mas vivo porque deseja.

No carro, dentro do drive-in, *um drama se desenrola.*

Resistir.

Para sentir-se naufragado e afundar no toque, entre as dobras da pele, os sacos de silicone, espalhados por aquele corpo que ele deseja tanto.

Nicole Profissional se apossa dele.

Assume o comando.

Trepa em Nicola.

A cara virada para o vidro traseiro. A boca entreaberta. O traseiro dele sem dono, de quem se apossar. – Cu de bêbado não tem dono – diziam na escola. No caso, era o inverso. O sóbrio era ele e Nicole Profissional, a bêbada.

A resistência.

O estupro.

A submissão...

Segundo o código penal, estupro tem a ver com vagina.

Mas como qualificar aquilo senão estupro, invasão de propriedade sexual? Os termos quase sempre colidem com a realidade. Por isso, estão sempre se alterando, como pipocas no microondas.

Gozar na primeira estocada.

Nicole Profissional prossegue. Arrebenta sua vítima. Com ódio, com violência, rasga porque foi rasgada.

Mexer. Dançar conforme a música. Rezar para ela lhe deixar com vida.

O vento lambe o plástico que tampa o boxe do drive-in, *onde ele se dá a Nicole Profissional. O plástico dança e se contor-*

ce sobre o porta-malas do carro. A luz escorre sob o plástico e mostra as pedras que cobrem o chão do drive-in.

Novas estocadas. Minutos intermináveis. Alternativas de dor e prazer, até que só a dor se mantém, se prolonga, se aprofunda e incha.

Rebolar, mexer, dançar a música do estupro.

O rosto queima.

Queria que ela gozasse e ao mesmo tempo... não.

Nicole Profissional geme, resmunga, xinga, bate e afunda e penetra cada vez mais fundo. Uma Nicole bêbada, mas com uma ereção de menino sóbrio.

Ela goza e se desfaz.

Em pé, só os saltos pontiagudos dos sapatos femininos. Maquiagem borrada. Fim de noite.

Dar a partida, com a mão trêmula.

Sentir que a penetração pode ter lhe custado a vida. Uma injeção fatal, uma bala traiçoeira de efeito prolongado.

Chegar em casa e tentar se desinfetar.

Lavar o cu com PinhoSol...

7

Rodar pela cidade nas noites felinas. Se entregar. Depois, retornar ao lugar-comum. Pacificar os ânimos. Perder a noção da outra metade. A depressão. A cidade que sufoca mais uma vez. O gueto...

O vaivém do gueto...

O sonho vertiginoso. Corpos que se tocam. Mãos que acariciam. Escuridão anônima. Línguas que se lambem. Paus que se entrelaçam. Pênis esguichando para o alto, para o céu, para o além. Mãos que se atropelam, bocas que mergulham fundo. Um abrir e fechar de eclusas para a passagem do pistão apressado, amordaçado pela camisinha sensata. Um conceder permanente.

Repetir outra e outra vez. Tocar e ser tocado. Uma perfeita união de anônimos felizes. Quando termina, entender que tudo não passou de um sonho, embora tenha sido real, com aparência de sonho.

8

Um dia Nicola conseguiu reunir coragem para entrar na casa noturna que antes ele só via de fora, atraído pelo néon da fachada.

Dentro, Nicola percorreu os espaços escuros, preenchidos por corpos e a música techno *superlativa.*

Havia Agatha, uma garota que dançava com uma cobra e sua turma. Nicola fez amizade com Agatha e herdou a turma. Ao redor do corpo musculoso de Agatha, uma morena de longo cabelo encaracolado, orbitavam Louis, Seven Up e Joílson.

Louis era um professor de balé, boa pinta, de idade indeterminada e cabelo grisalho. Seven Up, um garoto mirrado de um metro e meio, namorava Joílson. Se Joílson jogasse basquete, não teria dificuldade em alcançar a cesta, com seus dois metros de altura.

Seven Up parecia o boneco de ventríloquo de Joílson. Apesar da diferença de altura, aparentemente eles se davam bem. Joílson pagava as contas, by the way.

Louis se dizia "encalhado" e vivia repetindo que arrumaria "marido". Agatha misturava vodka com rum e aparecia no palco com a cobra enrolada pelo corpo.

Nicola se sentia em casa. Voltava sempre.

– Chegou o Nicola – o grupo dizia, – só faltava você.

9

Na noite em que Louis arrumou um "marido" aconteceu um desastre, fruto da maldição dos deuses que perseguem bichas e solteironas encalhadas. Louis estava dançando na pista com um rapaz que usava uma camiseta branca básica, tão justa e grudada no corpo que lembrava um mapa em relevo da musculatura masculina.

– Onde você arrumou essa delícia? – queria saber Agatha.

– Os anjos ouviram as minhas preces – deliciava-se Louis.

Seven Up e Joílson morriam de inveja, mas fingiam que estavam felizes.

Louis adorava a música "YMCA". Quando tocava, ele saltava para a pista e dançava com todas as velas enfunadas. Era braço e perna para todo lado. A boca aberta no grito apaixonado: "YMCA!"

Tanta disposição levou o "marido" enxurrada abaixo.

Foi só Louis gritar "YMCA!", com a força no limite de seus pulmões, para o pivô saltar de sua boca, respingar no rosto do "marido" e cair em um ponto remoto da pista.

Louis desesperou-se: – Ninguém pisa no meu pivor!

O pior é que ele não conseguia falar simplesmente "pivô". Ele agregava um "r" inexistente à palavra.

– Cuidado com o meu pivor!

– Ninguém pisa!

O dente era estratégico. Ficava na frente da língua. Sem o pivô, as palavras sairiam com efes indesejáveis: "Amorfff, me fpassa a fsalada." Sem falar nos silvos e assobios em horas impróprias. Do ponto de vista estético, poderia ser comparado a um "x" pichado sobre um vestido de noiva.

Enquanto a música tocava, os deuses divertiam-se observando Louis, Agatha, Nicola, Seven Up e Joílson, de quatro, na pista, se embaralhando entre as pernas das pessoas na busca improvável de um dente postiço.

– Ninguém pisa!

Se uma certa mulher estivesse ali, ela diria para Nicola que achar aquele pivô no chão escuro e quadriculado seria o mesmo que "encontrar uma agulha em um palheiro", para usar uma expressão inovadora.

Mesmo assim, com tantas pernas e pés jogando contra; a escuridão; os dedos quase esmagados; os tons branco e preto do chão quadriculado...

Mesmo com os deuses de polegar virado para baixo em direção à sorte de Louis, ele conseguiu encontrar seu dente postiço.

Foi uma consagração.

– Encontrei meu pivor! – ele comemorava, erguendo o dente minúsculo, como o capitão de um time vencedor levantando para a multidão o troféu conquistado.

– O meu pivor! O meu querido pivor!

A gente pulava. Comemorava. Era uma festa. O gol da vitória.

Louis pediu emprestado na gerência um tubo de cola. Era aquela substância transparente e fortemente adesiva, capaz de grudar até dedo na boca. Louis encheu o pivô de cola e grudou-o no suporte da boca.

Cinco minutos depois, estava novo em folha.

Na confusão, Louis se deu conta que o "marido" havia desaparecido. Um "marido" tão básico, tão camiseta branca e calça jeans... tinha sumido. Vanished, *diria Elizabeth Taylor.*

– Pelo menos você encontrou seu dente – Agatha tentava confortá-lo.

10

Às vezes Nicola sumia do gueto e depois retornava.

Num desses retornos, descobriu que seus amigos iam fazer um show na casa noturna. Seven Up e Joílson seriam submissos à princesa Agatha, enquanto Louis saltaria pelo palco quase nu e com o corpo pintado de dourado.

Louis disse que se tratava de "uma adaptação informal" da ópera Aída.

Na prática, parecia uma mistura de Cleópatra *com* Luz del Fuego. *A cobra faria seu papel de sempre. Deslizaria pelo corpo suado de Agatha, resvalaria na tanga e no top de couro, se enfiaria entre as coxas, tocando os pés e rendendo homenagem à coroa da princesa etíope.*

O espetáculo ia bem até Agatha enfiar a mão na caixa para pegar a cobra, que se chamava apropriadamente "Pavlova".

Talvez não estivesse a fim de dançar naquela noite, talvez estivesse menstruada, o fato é que a cobra enfiou os dentes no braço de Agatha.

A garota gritou de dor. O sangue esguichou.

Quando deu por si, Nicola levava em seu carro os três dançarinos, uma cobra assassina e a bela Agatha "esvaindo-se em sangue", como diria aquela certa mulher.

A chegada ao hospital foi meteórica.

Seven Up e Joílson, com suas vestimentas pouco formais (tanga e correntes pelo corpo) e sua altura discrepante, circulavam entre acidentados e doentes, com a mesma naturalidade que os servos egípcios trepavam nos andaimes das pirâmides há cinco mil anos.

Louis, descalço e pintado de dourado, tentava encontrar um médico para Agatha, que tinha providenciado um desmaio assim que entrara no pronto-socorro.

Nicola preenchia papéis, enquanto Joílson e Seven Up percorriam as alas de emergência.

Os doentes esparramavam-se pelas macas. Muitos estavam caídos no chão, havia muitos anos, com tubos de soro espetados e esquecidos em suas veias. Louis, seminu e coberto de purpurina dourada, parecia o anjo do Apocalipse, recém-chegado para estabelecer o Juízo Final.

Era um anjo que gritava:

– Alguém me ajude, pelo amor de Deus! Uma cobra fez mal para a minha amiga...

Sem enfermeiros em número suficiente, com alguma greve pendente e sem médicos à vista, Joílson e Seven Up chacoalhavam as correntes, dando água para quem tinha sede, auxiliando um ou outro paciente a mudar de lugar na maca e até ir ao banheiro.

Uma enfermeira negra e gorda, com o chapéu enterrado na cabeça, surgiu do além e protestou:

– É proibida a entrada de... de... – ela parecia ter dificuldade para escolher a palavra certa que qualificaria aqueles dois homens seminus que haviam tomado de assalto seus domínios – ... de... de escravos *na enfermaria.*

Minutos mais tarde, foi a vez de Louis passar mal. A tinta que cobria seus poros o estava matando lentamente. Ele sentiu tonturas, teve náuseas, ficou sufocado e apagou.

A enfermeira gorda desta vez encontrou a palavra certa:

– Ajudem aqui que o douradinho desmaiou.

Seven Up e Joílson gritavam. Nicola corria de um lado para outro e Agatha...

Agatha?

Como estaria a bela Cleópatra renascida?

Havia três médicos, vinte enfermeiros e pelo menos quarenta auxiliares de enfermagem cuidando dela. A suposta greve parecia ter sido temporariamente suspensa, ainda que apenas naquela sala onde se encontrava a princesa etíope Agatha, mordida por uma cobra não-peçonhenta, uma serpente "apenas faminta", segundo um integrante da substanciosa equipe médica.

Nos corredores os doentes agonizavam. Muitos gritavam pedindo ajuda.

– Deixa gritar! Enquanto têm força para gritar está bom. O complicado é quando ficam quietos – pontificava um daqueles homens de branco que fazia parte da multidão ao redor da princesa Agatha.

11

Quando o dia nasceu mais uma vez sobre aquela cidade abandonada, Nicola levava em seu carro os escravos Joílson e Seven Up, a princesa Agatha – com um curativo minúsculo no braço – e Louis, que tinha sido parcialmente lavado, mas que ainda apresentava sinais da pintura dourada em pontos do corpo, sem falar na dor no bumbum, onde tinham lhe pregado uma agulha de injeção.

No rádio Gloria Gaynor cantava I´ll survive.

Apesar do cansaço e da noite não dormida, como não fazer coro com ela?

I´ll survive, I´ll survive, oh, oh!!!

Era bom cantar. Era bom ter escapado daquele hospital com vida. Melhor ainda: era bom ter saúde e não precisar daquela fábrica de cadáveres. Era bom estar ali, vendo aquele dia nascer mais uma vez, mesmo que fosse um amanhecer bobinho e burocrático, o sol coberto pela sujeira do céu, tentando se mostrar entre os prédios de aspecto terrível.

Loucas noites de batom.

5

O filme *O anjo azul* conta uma fábula moral. Mostra como um professor severo se deixa corromper por uma mulher fatal e perde tudo – emprego, família, reputação, virando palhaço de circo mambembe, traído, marginalizado, destruído.

É uma história moralista, que ensina o público a não amar, não se entregar. É uma história de preservação de valores, vendida com o selo falso das pernas sedutoras e atraentes de Marlene Dietrich.

Para o professor N.A., felizmente, o enredo de *O anjo azul* não se repetiu. Quando sua família chegou de volta da praia, não encontrou mais a *outra*, mas o mesmo professor de sempre, entregue a seus livros, tratados, teses.

O professor sufocou a mulher que havia escrito o arquivo *Ele (a)*, salvando assim sua reputação.

Diante do analista, ouviu uma sugestão macabra.

– Por que o senhor não apresenta Nicole para sua mulher?

Dez palavras fincadas em seu peito com a força de um disparo de uma automática nove milímetros.

Como faria o professor para apresentar Nicole para Helena? Parecia algo tão impossível como bater com uma varinha numa pedra e fazer jorrar água.

O psicanalista reforçava seus argumentos com indicações de que a vida sexual do casal não ia bem. Eles mal se falavam, mal se tocavam, o sexo acontecia rápido, entre o momento de fazer a barba e o escovar dos dentes.

– Ela pode também não estar satisfeita com essa relação. Ela pode estar ansiando por mais prazer, ainda que não admita isso abertamente, com receio de ser mal interpretada – sugeria o psicanalista, explicando que muitas mulheres sentiam-se atraídas por um homem travestido.

– Mas é algo que deve ser introduzido lentamente – dizia o psicanalista –, em doses homeopáticas: um dia, uma peruca; no outro, uma calcinha; até que o personagem esteja consolidado na imagem do desejo dela.

O professor considerava o psicanalista excessivamente liberal, aquele desejo subterrâneo deveria continuar onde sempre estivera, em vez de subir à superfície e incomodar pessoas comuns, como ele e sua mulher.

– Experimente inverter os papéis – sugeria o psicanalista, – o senhor irá vivenciar a cena original imaginada e aí toda a angústia vai desaparecer, aquela imagem que o senhor descreve no arquivo *Ele(a)* perderá a força e a procedência.

Segundo o psicanalista, Helena era uma mulher inteligente, aberta, capaz de compreender melhor os subterfúgios do desejo.

– Ela vai colaborar com o senhor, tenho certeza – disse o psicanalista, em dúvida ainda se a cena original tinha realmente sido vivida ou imaginada pelo professor, quando envolvera-se com Bárbara.

Foi um trabalho longo e preparatório que durou talvez um ano ou mais.

À medida que ia iniciando a mulher naquele jogo dúbio, o professor cancelava sessões.

Até que, com a reprodução efetiva, concreta, real, da cena original, quando pôde gritar o imaginado, mas não pronunciado, quando articulou sua fala desejante, o professor N.A. deixou de freqüentar seu analista para sempre.

Para Helena, foi uma descoberta atraente e perversa.

Algo que Ventania tinha sempre sonhado. No fundo, ela não suportava a muralha convencional que era o marido, com todas aquelas gravatas sóbrias, os sapatos sem graça e a pose de intelectual permanente. Helena sentia o chão tremer, mas começava a gostar da situação. Quando tocava em Nicole, era como se estivesse ultrapassando uma fronteira proibida, indo além do convencional. Descobria que um homem vestido de mulher podia ser atraente, por que não dizer excitante? O prazer renovava-se, reciclava-se. Helena voltava a sentir a libido.

Nicole era o terceiro vértice do triângulo amoroso entre o professor e sua mulher, e aparecia algumas vezes em cena, em momentos especiais, quando ambos estavam em viagem de férias ou participando de um congresso inócuo em algum país estrangeiro.

Nessas horas, Nicole ganhava vida e saía à rua, para a luz das noites protetoras, de braço dado com Helena, que, cúmplice, renovara seu desejo ao descobrir sua outra cara-metade onde jamais imaginara encontrar.

Helena aprendera a misturar suas calcinhas com as cuecas do marido e via com prazer quando ele ia dar aula com a calcinha por baixo da calça, guardando ainda o esmalte vermelho-puta, vermelho-foda-me, nas unhas dos pés.

Helena começava também a articular sua fala desejante. Lembrava que sempre tinha escondido de si mesma aquela curiosidade, aquele desejo perverso de... possuir um órgão. "Ronaldão, um cara sarado." Não era o possuir em si, mas a idéia. A possibilidade de manejar um pênis, de dispor daquilo e fazer o papel inverso. "Como seria?", imaginava, suando de excitação.

Na cama, com o marido, já não era mais ela, Helena, a aborrecida, mas outra pessoa, alguém que poderia ser inventada, uma Ventania.

Melhor que uma simples fantasia virtual: um homem, talvez. Um homem com um pênis enorme, que gostava de penetrar e arrebentar as pregas das mulheres. Um macho que alisava pernas macias e se excitava diante de uma bunda depilada, que adorava lamber um pé sem pêlos, macio, feito na pedicure, sentindo o gosto saboroso do esmalte sobre as unhas.

Não era Helena que cavalgava Nicole e lhe batia no traseiro. Palmadas estaladas, que deixavam a bunda avermelhada. Quem era aquele, Helena não sabia, mas entendia que era verdadeiro. Um desejo poderoso, cruel, que vivera em suas dobras tanto tempo. Aquele homem, *also a man*, entendia agora, aquele que o russo tinha detectado dentro dela.

Como contar às amigas? Ao confessor? À mãe? À sogra?

Não haveria o que contar, porque aquilo era poderoso demais para ser dividido. Guardaria consigo, na escuridão de seus fluidos, no escorrer do suor que pingava da testa quando se entregava à Nicole, no líquido em profusão que brotava de suas coxas quando gozava com Nicole. "Nicole, querida, minha amada" – sussurrava no ouvido da mulher que ela imaginava possuir e que possuía de fato.

Helena/Ventania preparava surpresas inquietantes. Imaginava colar um bigode sobre o lábio trêmulo de desejo. Pensava em deixar crescer os pêlos das pernas, das axilas. Pensava em como seria bom se pudesse se vestir de maneira mais elaborada. Sempre tivera curiosidade em saber como se fazia nó de uma gravata, vestir uma calça masculina, sentindo o tecido percorrendo a tensão das pernas. A densidade masculina de um par de sapatos de cromo alemão, relógio de bolso, um cavanhaque. Ventania sorria. Havia um longo caminho a ser percorrido.

O arquivo *Ele(a)* não foi deletado. Ao contrário. O professor decidiu preservá-lo. O objetivo do professor não era, de forma alguma, *épater le bourgeois*, como seria fácil imaginar, mas demonstrar, por meio de uma narrativa leve e despretensiosa, como um homem pode fazer nascer, dentro de si, uma mulher. Esse gesto maternal, de concepção, de dar à luz, não poderia ficar guardado para sempre no vão de um *chip*. Precisava ganhar vida. Saltar para fora. Mexer os membros. Chorar, gritar, como todo nascimento que se preze.

Foi assim que o professor deu à luz a esse livro, que poderia se encerrar com a mesma suavidade que o arquivo *Ele(a)* chegou também à sua conclusão...

Ele(a): coda

Agora, estou aqui no refeitório do hotel, encarapitado no alto da montanha.

É janeiro.

Faz sol e calor.

Uma maldita serra circular corta lenha lá no fundo.

As copeiras colocam talheres e pratos nas mesas.

Fui expulso do quarto pela arrumadeira.

Me restou essa mesinha.

É tudo que preciso para encerrar esse breve relato.

Estou de férias.

Os alunos, Deus é pai, também estão de férias.

Só espero revê-los em março.

O tempo passou.

As feridas secaram. E São Paulo continua detestável.

Mesmo assim é onde vivo, mas aceito convites para visitar desconhecidos(as) em cidades distantes, desde que o metro quadrado de área verde por habitante esteja dentro dos padrões da ONU.

Ia esquecendo de contar...

Casei outra vez.

Mais do que isso... Casar é moleza. Todo mundo casa. O que me consagrou foi realizar um velho sonho infantil: usei o vestido branco e a grinalda de minha mãezinha, que estavam guardados há milhares de anos, naquela caixa ensebada, no alto do guarda-roupa. Ela estava um encanto, com aquele tuxedo alugado que lembrava uma fantasia de mágico aposentado.

Nosso casamento foi no bar Rick's, um velho e resistente templo GLS da minha cidade. O padre estava bêbado e apaixonado por um garoto de 18 anos. Era de uma igreja quase católica. Fumava muito antes da cerimônia. Fiquei chocado. Depois, me conformei. Não se pode exigir muito das pessoas hoje em dia. O que dirá dos padres, esses seres anacrônicos, atualizados pelas saias.

Você está curioso para saber quem é minha mulher? Quer saber também como a gente se conheceu?

Tudo bem, eu conto.

Mas bem rapidinho.

Minha mulher é um ser híbrido adorável, de cabelo bem curto, um garotinho perverso.

Na noite em que nos conhecemos, lembro que ela bebeu muito e me confessou uma fantasia, inconfessável para um estranho:

– Adoro transar com homem vestido de mulher. Isso realmente me deixa... Como direi... Me deixa... Tesuda.

Bebeu mais um gole. Virou-se para mim e perguntou:

– O que você acha dessa loucura?

Como naquele monólogo feminino de Ulysses*, eu só pude soprar o óbvio:*

– S... sim, sim, sim, sim, siiimmmm – enquanto passava o guardanapo de papel na testa porejada de suor e tirava da bolsa o batom e o estojo de maquiagem.

"Ainda bem que vim de calcinha por baixo", lembro que pensei. Oh, como pensei, se pensei.

That's all folks

SOBRE O AUTOR

Danilo Angrimani S. é neto de imigrantes italianos. Nasceu em São Paulo em 1953. Estudou em colégios chatos e suportou professores chatos e repressivos.

Adulto, trabalhou em empregos medíocres e foi usuário do ambiente impessoal dos motéis (Henry Miller o confortava nesse tempo).

Sobreviveu à ditadura militar (*A imaginação ao poder*, Danny le Rouge). Andou de moto. Nadou em rio. Escorregou em cachoeira. Foi vegetariano, orientalista e caroneiro (Herman Hesse, Mahatma Gandhi e *Hair* são dessa época).

Viajou de avião (desta vez não de carona). Viu os quadros (*Paris é uma festa*). Virou repórter (por causa de Hamilton Ribeiro e da revista *Realidade*), e professor. Fez mestrado e doutorado (Escola de Frankfurt... Adorno, Horkheimer, Walter Benjamin).

Sente saudades de Michel Maffesoli e do anfiteatro Émile Durkheim da Sorbonne. Principalmente, daquele café, no Quartier Latin, onde podia sentar-se ao lado de Jean Baudrillard.

Gosta da natureza, como Thoreau, mas ela parece a cada dia mais asséptica ou distante. Prefere o silêncio ao ruído; a cabana acolhedora à ostentação do palácio frio.

Sonha conhecer Vicenza, para descobrir por que seus avós fugiram de lá.

Gostaria de ter conhecido Freud. Pressente que a literatura ainda tem a força de um tijolo e espera usá-lo para espatifar a vitrine dos gêneros. Espera que esse livro seja lido como um panfleto que poderia começar assim: "Um espectro ronda a humanidade. É o estertor do masculino e do feminino."

À noite, no escuro, quando sente medo, gostaria de rezar. Mas esqueceu a letra.

Impresso pelo Depto Gráfico do
CENTRO DE ESTUDOS
VIDA E CONSCIÊNCIA EDITORA LTDA
R. Santo Irineu, 170 / F.: 549-8344